1

朝月アサ

illust. らむ屋

滅びの王国の錬金術令嬢

三百年後の新しい人生は
引きこもって過ごしたい！

Contents

第一章　三百年後の錬金術師

1　三百年後の世界

「あの馬鹿王！　よくも義姉《あね》にこんな仕打ちができるわね」

部屋の窓から外を眺めて憤慨する。

地には王国軍の騎士団。灰色の空には飛竜騎士団。

これから敵国の都を攻め落とそうとするくらいの兵力が、屋敷の周りを取り囲んでいた。

「元婚約者がこんな王になるとは思わなかったわ。エミィも苦労したでしょうね」

カーテンで外の悪夢を閉ざす。

侯爵《こうしゃく》令嬢であり錬金術師であるエレノアールが王都の外の森に建て、ずっと一人で暮らしていた別邸は、もはや陥落寸前だった。

小さくため息をつき、天井を仰ぐ。

「うーん、前回一気に戦闘不能にしたのがまずかったかしら」

前回騎士団の小隊が来たときは、事前に地盤を緩めておいて一気に落として壊滅させた。もちろん全員助けたので死者も重傷者もいない。

そんな温情を見せたのに。この仕打ち。

「めんどうすぎる……」

大きくため息をついて、膝を抱えて座り込む。

「――よし、寝てやり過ごそう。三年も経《た》てば、ほとぼりも冷めてるでしょう」

良いアイデアだ。

自分ごと部屋を封印すれば、外からは決して手を出せなくなる。三年も見つからなければ死んだと思われて警戒も緩んでいるはず。その後こっそり国外に逃げて、自由気ままに暮らせばいい。どうせこの国に未練はない。

近しい親族は錬金術に傾倒した侯爵家長女をとっくに見放している。いまごろはエレノアールのことなど忘れ、聖女に選出され王妃となるも夭折《ようせつ》した双子の妹の喪に服しているだろう。

この国にもこの時代にも未練はない。

錬金術の研究が詰まったこの部屋自体を空間からすばやく切り離し、寝心地を追求したベッドの上に寝転ぶ。

「おやすみなさい現世。三年後に会いましょう」

時間の流れから、この部屋を切り離す。

嘘《うそ》のように穏やかな静寂が訪れて。

そして、三百年後。

###

「あー、よく寝た！　勢いあまって五年ぐらい寝ちゃったかも」

鏡を見る。金色の髪に赤い瞳。肌の調子もいい。封印はうまくいったようだ。外見は眠る前のまま。

さわやかな気分でカーテンを開ける。そこには騎士も飛竜もいなくなっている。

その代わりに血で染めたように赤い空が。

魔素《まそ》が増した空気が。

不穏な雰囲気を漂わせて広がっている。

窓の横の机に置いていた望遠鏡を手に取る。遠くに見えていた輝ける王都は森に飲み込まれて消えていた。かろうじて城の先端だけが見えたが、煤《すす》けていて王の住む気配はない。廃城と化している。

首を傾《かし》げる。

「たった三年で何があったのよ」

望遠鏡を下ろす。まるで世界が一度滅びたかのようだ。

「外の様子、見てこないと」

不安と苛立《いらだ》ちを覚えながら独り言を呟《つぶや》き、外に出る準備を始める。

「独り言多くなったなぁ」

双子の妹が王子と結婚し、王子が国王となって以来。別邸で一人で過ごすようになったことで、独り言を言わないと声の出し方すら忘れてしまう。

探索のための道具——携帯望遠鏡にナイフ、手袋、縄、自炊のための道具と食器、携帯食料、清潔な布を亜空間を発生させたポーチの中に詰める。

それを腰のベルトに取りつけて、防水防風加工を施した黒いローブを頭から被り、扉を開けようとして、思いとどまった。

封印を施していたのは部屋の中だけ。

直前の状況を思えば、部屋の外がどうなっているかわかったものではない。罠が仕掛けられているかもしれない。

「よし、窓から出よう」

先ほどポーチに入れたばかりの縄を取り出し、窓を開ける。

窓枠に縄の端を引っかけて、そのまま二階からするすると下まで降りる。

改めて、屋敷を見上げる。

外から見る別邸は寂れたものだった。長年風雨に晒《さら》され朽ちかけている。耐久性重視でつくってあるので、飛竜の炎や弓や槍などではかすり傷くらいで済むのだが。侵攻を受けていたとはいえ、たかが三年でここまで劣化するものだろうか。

「何かがおかしいような……」

その理由を考えたいような、考えたくないような。

悩みながら縄を回収していたときだった。

遠くから地鳴りが聞こえてきたと思ったら、足元が小刻みに上下し始める。

「えっ？　地面が、揺れ、て？」

初めての経験。

ここにいてはいけないと本能が告げる。

揺れる地面を走り、とりあえず屋敷から離れる。

ガラガラと音を立てて、屋敷が軋《きし》み、傾き、崩れていく。

「いやあああああああーーーー！」

絶叫が森に響いた。

「再建は骨が折れそうね……」

地面の揺れが収まり、屋敷の崩落が終わったのを確認して、大きくため息をつく。

長年の錬金術の研究成果が瓦礫《がれき》の下に埋まってしまった。

頭が痛い。

「まさか地面が揺れる日が来るなんて。世も末よ。とりあえず発掘は後回しね……まずは探索……と、その前に」

大量に転がる瓦礫の中から適当にいくつか選び、導力を通して人型を組み、仮の命を与える。大人二人分ほどの背丈の石人形が誕生する。

顔も表情も感情もないが、可愛《かわい》くてお役立ちな存在、石人形——ゴーレム。

使い方のコツは一つ。

命令は単純明快に。

木の枝を拾い上げ、地面に長い線を引いていく。

「この種類の石はこの線からあっち。それ以外のものはこっちに持っていって」

建材だった石を指定して、それ以外のものをより分けるように命令する。これで必要なものがほぼ分別できるはずだ。その後のことは分別した後に考える。

「それじゃあゴーレムくん、お願いね。終わったら私のところにまた来てね」

命令に沿って動き出したゴーレムに手を振って、歩き出す。

ひとまずの目標はかつての王都。

遠目から見た限り滅びてなくなってしまっていそうだが、それならそれで確定させておきたい。

かつての故郷が滅びているかもしれないのに、足取りが何故《なぜ》か軽かった。


森と言えども、背の高い木ばかりで下草はほとんどない。だからこそ歩きやすいが生態系は単純だ。

鬱蒼《うっそう》とした影。乾いた地面。冷たい空気。

このあたりは引きこもり前から変わらない。


「鳥すらいない……」

人の気配はおろか。

かつては飛び回っていた鳥すら姿を消している。虫の鳴き声もない。

「さすがに少しさびしい」

響くのは乾いた砂を擦る足音と独り言だけ。寂寥感《せきりょうかん》が募っていく。誰でもいいから人に、いやそんな贅沢《ぜいたく》は言わない。生き物に会いたい。

しばらく歩き続けていると、森の奥の方からこちらに走ってくる影が見えた。

一瞬獣《けもの》かと思った。いや獣でもいいのだが、その影は人間の姿をしていた。

「人が、いた！」

歓喜に震える。

良かった。世界に一人きりじゃなかった！

抱きしめたいくらいの気持ちで近づいて来るのを待つ。

見えてきたのは少し小柄で、全身黒一色の共感できる服装の人物。おそらく男性。

手には剣。血のついた剣。

そして、走りながら揺れる猫のような尻尾《しっぽ》。

「尻尾？　最近の人間って尻尾生えてるの？　引きこもっていた内にそんなことに？　そんな馬鹿な」

もしかしてまだ夢を見ているのだろうか。

困惑している時に、黒ずくめは一気にスピードを上げて距離を詰め、必殺の間合いで血のついた剣を振りかぶった。

「ええっ！　最近の人間って凶悪すぎない？」

後ろに跳んでなんとか避ける。

肉弾戦は苦手だ。いまのを避けられたのも奇跡に近い。

黒ずくめは避けられても一向に気にせず、さらなる凶刃を振るってくる。諦めが悪い上に気が短い。

「待ってってば」

大地から成分を抽出し、相手の手首と足首を包み込むように石を生成し、関節を固める。

黒ずくめの男は受け身も取れずに地面に転がった。

「お話を、しましょう？　気に障ったのなら謝るから」

両手を上げ、戦う意思はないと示す。

距離を取りつつ様子を見ていると、地面に倒れた男の身体《からだ》がびくりと揺れた。かと思うと、口から勢いよく血を吐く。

「なっ？　私なにもしてないわよ」

慌てて駆け寄ると、男はすでに死んでいた。口の中から異臭が漂っていた。

おそらくは奥歯あたりに即効性の毒を仕込んでいたのだろう。それを噛《か》み砕《くだ》いた。

「自分で？　諦めよすぎじゃない？」

初対面で出会ってすぐに殺しに来て、殺せないなら自害だなんて。なんてスピード感だ。

ため息をつく。ああ、せっかくの手掛かりが。尻尾のことも聞いてみたかった。

どうして尻尾が生えているのか。生まれたときからか。後から錬金術で結合したのか。どんなふうに役立っているのか。

死体の関節から石を分解し、地面に穴を開け、死体を埋める。

きれいに土を被せ、軽く目を閉じ頭を下げ、死者を弔《とむら》う。

「ごめんね。死んじゃった人間は治せないの」

2　錬金術師の人体修復

「旦那様！　旦那様ーー！」

絶叫が遠くから響いてくる。

「よかった。また人がいた」

期待をもって声のした方へ走る。そんなに走らないうちに血のにおいが近づいてきた。

またいきなり襲われたらたまらない。用心のため木の陰からこっそり覗《のぞ》くと、地面に倒れているほとんど死にかけの男と、その傍《かたわ》らで叫ぶ健康そうな男がいた。

泣きながら叫んでいる若い男は、立派な体躯に浅黒い肌。黒い髪。そして、頭に雄牛の角《つの》によく似た立派な角を生やしていた。

「角？　最近の人間って角生やしてるの？　あ、だめ。黙れ私。気にしているかもしれないし。アクセサリーかもしれない」

身体的特徴で騒ぐのはよくない。

そして独り言が多いのもあまりよくない。

それにしても尻尾人間に角人間。ここは本当に元いた世界なのだろうか。

興奮する気持ちを抑えて、ゆっくりと近づく。

「あのー、こんにちは。お怪我《けが》ですか？」

頭にかぶっていたフードを取って、横から声をかける。

角に突き殺されないように気をつけながら。

「あ、あなたは……？」

涙に濡れた黒い瞳に、にっこりと笑いかける。

「私、治せると思いますよ。ちょっと失礼しますね」

我ながら怪しすぎると思ったが、角男の方も藁《わら》にもすがる思いだったらしい。存外おとなしく「旦那様」の隣に座らせてくれた。

死にかけてる男の方は見た感じ、普通だ。角も尻尾もない。ただ、左腕から大量に出血している。

半身が血で染まるほどに。

さっきの黒ずくめ尻尾男にやられたのだろうか。いま思えば、尻尾男は一仕事終えて余裕で逃げているという風情《ふぜい》だった。剣についていた真新しい血は、この人のものだろう。

「いま助けますね」

まずは傷をふさぐ。

肉ごとえぐられたわけではなく、斬られただけだから繋《つな》げるだけでいいだろう。

神経、血管、筋肉、皮膚。

切れ味のいい刃物でざくっといっているから修復も楽だった。

次は失われた血の補充。

地面に吸われた血の成分を回収し、体内に戻す。水分は大気中から。

「あ、毒も入ってる。分解しておきますね」

傷の割に生命の危険度が高すぎると思ったら、思ったとおりだった。即効性のある毒ではなくて安心した。死んでしまっていたら治せない。

分解して無毒化。

ついでに大サービス。全身に意識を巡らせて、将来悪化しそうな病巣を消しておく。

魂も呪素《じゅそ》でかなり消耗している。少しだけ補充してあげよう。

目を閉じる。自分の魂を少しだけ削って、傷ついた魂を修復する。

人の魂は、金色にきらきらと光っている。死にかけていると黒い呪素に侵食されていく。その呪素を分解して、呪素から逃げるように肉体から離れかけていた魂を呼び戻す。

再び目を開けると、患者も同時に目を開いた。

氷のような青い瞳に、意思の光が宿っていた。

「ああ、旦那様！」

「はい、完了。食べられるようになったら肉とかどんどん食べてくださいね。それこそもう血の滴《したた》るようなのを」

一息ついて、初めてまともに患者の姿を見た。

深い雪山を思わせる銀色の髪に、整いすぎているほど整った顔。鍛えられている、しなやかな肉体。

まるで氷の彫像だ。

冷たくてあたたかい、完璧な造形の。

「私は、生きているのか……？」

低く、心地のいい声。

「ちゃんと生きてますよ」

「ああ……なんという奇跡だ……あなたが聖女なのか」

――聖女。

なんてぞわりとする響きだろう。

「いえ。聖女ではなくて、ただの錬金術師です。ノアって呼んでください」

「錬金術……？」

男は怪訝《けげん》そうに眉をひそめる。しかし、その剣呑《けんのん》さはすぐに気配を消した。

(なに？　錬金術反対派？　それとも教会派？　たしかに私の評判は良くなかったけれど、それなりに功績は上げていたんですけれど)

変人扱いされても。恐れられても。怖がられても。

国の発展に尽くしていた。

治せる人を治し続けた。

国家錬金術師にも認定された。

その結末が、引きこもる前に見たあの光景だ。

いまだって、せっかく助けたのにその態度。感謝されるためにやっているのではないから構わないけれど。

「…………」

男は少し辛《つら》そうに身体を起こそうとした。屈強な角男がすかさずそれを手助けする。

「礼を言おう……私はヴィクトル・フローゼン。こちらはニール、私の従者だ」

「フローゼン！」

馴染《なじ》みのない世界で、馴染みの名前が出てきて思わず叫ぶ。

「あ、いえ、昔の知人の名前と同じだったので、驚いてしまって」

「そうか。我が一族の知己《ちき》だったか」

ああ、まずい。

まずいまずい。

喋《しゃべ》れば喋るほどまずい。長居はいけない。フローゼンとは関わりたくない。

だってあの馬鹿王の名前なのだ。

アレクシス・フローゼン。

元婚約者で王様で、双子の妹と結婚して、妹が死んだら攻めてきた史上最低の義弟《おとうと》の名前。

ヴィクトルとアレクシスにどんな関わりがあるかはわからないが、あの男との関わりは全力で避けておかなければならない。

「いえたぶん人違いか勘違いです。それであの、街にはどちらの方向へ行けばいいですか？　旅の途中なんですけど、道に迷ってしまって」

「それは災難だったな。街まで案内しよう」

「いえ、お構いなく」

断ろうとしているのにヴィクトルと名乗った男は、従者と呼んだニールの肩を借りて立ち上がる。

ふらついていたが、歩き始めると支えられながらもしっかり歩いている。

（タフだなぁ）

あれだけの出血と毒。普通ならとっくに死んでいた。錬金術で治したとはいえ数日はまともに歩けないだろうに。

倒れられても困るし死にかけられても困るし、街へ案内してくれるのならついていこう。幸か不幸か、ヴィクトルの向かう先は滅びた王都とは別方向だった。

諦めて後ろを歩くことにすると、ニールがこちらを振り返った。

「ノア様、ありがとうございます。ノア様は命の恩人です」

(助けたのはあなたの旦那様の方だけれど)

自分の命と同じくらい大切な存在ということなのだろう。美しい主従関係だ。

それにしても、ここまでまっすぐな感謝の言葉を貰ったのはいつぶりだろう。

意外なほどに嬉《うれ》しい。

(よし、決めた)

侯爵令嬢で錬金術師だった黒のエレノアールの名は捨てる。これからはただのノアとして、錬金術師のノアとして生きていこうと。

もう意味のない身分にも、国家錬金術師の肩書きも、妹と対《つい》になっている名前にも、もうなんの未練もない。

これからは平々凡々な普通の錬金術師として、ひっそりこっそりと生きていこう。

3　城郭都市アリオス

歩いている地面がいつの間にか道となり、踏み固められた道がいつの間にか石畳《いしだたみ》となる。

森の中に大きな壁が見えてくる。灰色の石造りの壁はどこまでも続いていて、それが街を守っている城壁だと気づく。

「ここがアリオスの街だ」

門を守っていた兵士たちが、ヴィクトルの姿に気づいて急いで青ざめた顔で駆け寄ってくる。

「ヴィクトル様！　そのお怪我は！」

「だいじょうぶだ。この方に助けられた」

ニールに肩を借りて、左半身血だらけの格好で、ヴィクトルは青い瞳をノアに向ける。

「ありがとうございます！　あなたは命の恩人です！」

「いえ、私は当然のことをしたまでで」

若い兵士たちのきらきらとした眼差しが眩《まぶ》しい。こそばゆい。

ニールの態度もそうだが、兵士たちの表情からもヴィクトルがとても慕われていることがわかる。

彼の命を自分の命と同等に考えているほどに。

門を通してもらい、城壁の中に入る。

壁と同じ灰色の石造りの立派な街が、壁の中に広がっていた。

目を瞬《しばた》かせ、息を飲む。

それなりに歴史のある城郭都市だ。昨日今日できた街ではないというのは、街並みの広がり方からも、賑《にぎ》やかさからも、石畳の様子からもわかる。古い石畳だが、ところどころ補修がされている。

おそらくはかつて軍事拠点としてつくられ、役割を終えた後も街として残った、というところだろうか。

問題は、ノアはこんな街は知らないということだ。

アリオスという名前にも心当たりはない。

(誰と戦うためにこんな街が？)

位置関係から言って、侵攻してきた他国が王都を攻めるための臨時の拠点としてつくった、というのが一番しっくりくる予想だが。

(まさか私と戦うために馬鹿王がつくったとかじゃないでしょうね)

いや、それは無駄だ。

わざわざ拠点をつくらなくても、王都から直接攻めて来ればいい話。実際そうしてきていたはず。

「街を見学してきてもいいですか」

「もちろん。私の家が街の中心にあるから、後で寄ってもらっても構わないだろうか。ぜひ礼がしたい」

「あ、はい」

ヴィクトルのやわらかい微笑《ほほえ》みに、思わず気の抜けた返事をしてしまった。

###

人の手により積み上げられた石造りの街。

ところどころに崩落の跡があるのは、先ほどの地面の揺れのせいだろう。ノアの家のようにぺしゃんこに潰《つぶ》れてしまった建物はなさそうだが。

そしていまは兵士や街の人々が復旧作業に当たっている。

なんというか、平和な街だ。

女性や子どもがひとりで出歩いている姿もめずらしくない。よほど治安がいいのだろう。店に並ぶ商品も種類が多いし新しい。

屋台や食事処も豊富で進むたびに香ばしい匂《にお》いがして食欲をそそる。

王都よりも華美さはないが、質実剛健という言葉がよく似合う街だ。

この街にないのは錬金術くらいだ。

そう。錬金術がない。

「地味にショックかも……」

王都では錬金術師のつくった薬を売る店や、診療所、武器屋もあった。

けれどこの城郭都市アリオスではそんな気配を感じられない。分解も合成も調合も、ここにはない。

それらが施された商品も、できる施設も。

あと違う点と言えば、獣が混じった人間が多いことくらいだろうか。あまりにもその姿がありふれすぎて、もう驚くこともない。

「さて、これから生計を立てるとなると」

錬金術の店をつくるか、どこかの店やギルドと契約して納品するかになる。錬金術師のライバルがいないのなら、うまくやれば利益を独占できる。まったく普及せずに困窮する可能性もあるが。

どちらにせよ、ノアには錬金術しかない。

(金の精製は割に合わないのよね。地道に働いたほうがマシ)

しかしどこかと契約するとなると、後ろ盾か実績が必要となる。いまのノアにはどちらもない。

(ヴィクトルに働き口を紹介してもらおうかな)

命の恩人なのだからそれぐらい頼んでもいいだろう。どうもこの街の権力者のようだし。

(その権力者が、どうして従者一人だけで街の外に?)

考え始めて、考えるのをやめる。

陰謀とか暗い話とはもう関わりたくない。

(あの尻尾男、いま考えると暗殺者よね)

あれだけ街の人々に慕われていて、暗殺者を差し向けられるほど恐れられていて。まんまと殺されかけるなんて、迂闊《うかつ》すぎではないだろうか。

「間抜けな人」

大通りを街の中心に向かって歩いていると、どこかから子どもの泣き声が聞こえてきた。

辺りを見回すと、大通りから横に延びる道にある診療所と、そこに運び込まれていく子どもの姿が見える。

片足がだらりと垂れ下がり、紫色に変色している。瓦礫に潰されたのだろうか。

「…………」

ノアは引き寄せられるように子どもの後を追い、診療所に向かった。

診療所の中は慌ただしかった。

待合室には軽傷の患者が座っており、職員がそれぞれ手当てをしている。

ノアは先ほどの子どもを探して診療所の奥に行く。大きな診察台の上に寝かされている小さな子どもの姿はすぐに見つかった。

「これはもう……足は諦めるしか」

「……まだ小さいのに、なんてむごい」

少し離れたところで話している医者と兵士の合間を縫って、震えている子どもの横に行く。

「こんにちは。少し診《み》せてもらってもいい？」

「お、おい。誰だ君は。ここは関係者以外は――」

「このお方、もしかして通達のあった……」

医者と兵士が話している間に、痛みと恐怖でただ泣きじゃくっている男の子の頭を撫《な》でる。

「だいじょうぶ。きっとまた走れるわ」

潰されてしまった足に手を当てる。

「私を信じて」

まず中で折れている骨を修復してくっつける。またすぐに折れないように少し頑丈に。

続けて足の再生。切り傷と違い、圧力で潰れてしまっているので少し大変だった。反対側の足の構造を見ながら整えていく。

ノアの仕事は仮組みすることだ。完治する手助けをすること。

あとは自然の治癒力で治る。

「強い痛みはすぐに鎮まるから安心して。しばらくは安静にして、痛みが楽になったら少しずつ動かしてね。もし何かあったら――」

しまった。どこに連絡してもらおう。

「侯爵邸にくるといい。彼女はしばらくそこに滞在してくれる」

「ヴィクトル様！」

診療所がざわつく。

血だらけの格好から着替えたヴィクトルが、いつの間にかノアの後ろにいた。

（侯爵邸？）

聞き間違いでなければなんて貴族的な響きだろうか。しかもしばらく滞在するとか、勝手に決めないでほしい。

言いたいのに場の空気的に言えないもどかしさに口元を歪《ゆが》めていると、治した男の子が、まだ痛いだろうに嬉しそうな笑顔をノアに向けてくれた。

「ありがとう、聖女さま」

違う。

「聖なる力じゃなくて錬――もがっ」

錬金術、と言おうとした口をヴィクトルに手でふさがれる。

「邪魔をした。必要なものがあれば中央に言ってくれ」

診療所の人たちにそう告げて、ノアを外へ連れ出そうとする。

「地震への迅速な対応に感謝する。これから運び込まれてくる怪我人もいるだろう。苦労をかけるが、民が安心して過ごせるのは君たちの存在があってこそだ。どうか、よろしく頼む」

力強い手に引かれ、診療所を出て大通りに無理やり戻される。

「あの！」

非難の意志を込めて声を上げる。

ヴィクトルはノアの手をしっかり握ったまま、振り返りもせず前を向いて、歩き続ける。

「あなたの本質が善良なものであることはわかっている。だが、無礼を承知で言う。その術は忌《い》むべきものなのだ。人に聞かれない方がいい」

「…………」

忌むべき術？

錬金術が？

ノアは足を止め、ヴィクトルの手を無理やり振り払った。

「帰ります」

ヴィクトルの動きが止まる。

きれいな顔を青褪《あおざ》めさせてノアを見つめる。

「あの子の様子を見に、後日一度だけは来ます。では、さようなら」

こんな失礼な男の顔はもう見たくない。

踵《きびす》を返して、脚力を強化して大通りを戻る。門までは一本道。家に帰るのはきっとなんとかなる。

「待ってくれ！」

水は大気中からつくれるし、食料は携帯食料がある。

家に帰ったら瓦礫を資材にして建て直す。ゴーレムを何体かつくれば基礎はすぐにできる。

家ができるまでは穴でも掘って過ごそうか。

「すまない、失礼なことを言った！　頼む！　どうか行かないでくれ！」

「いやああ！　跪《ひざまず》かないでーっ！」

必死で走ってノアの前に回り込んできたヴィクトルが、いきなり目の前で片膝をつき、沈痛な面持ちで身を屈める。

視線が。周りの視線が。

往来で街の権力者を跪かせている女の絵なんて見られたくない。

「わかりましたから！　しばらくお世話になりますから！　立って！　お願い！」

4　フローゼンの血筋

街の中心にある一番立派な館で、おそらく一番豪華な客室に案内される。

「はじめまして。メイドのアニラと申します」

世話係として手配されたのは、十五歳くらいのおっとりとした雰囲気のメイドだった。

その頭にはウサギのような耳が生えている。もちろん人間の耳もある。

どちらの耳が機能しているのか。

それとも両方か。

どんな風に音が聞こえるのか、機会があったら聞いてみたい。

「奥様のお世話をさせていただけるなんて光栄です。よろしくお願いします」

「ちょっと待って」

「あーん、お話に聞いていましたけれど、本当におきれいです。金色の髪もルビーのような瞳も、透き通るように白い肌も、まるで女神様のよう。旦那様とすごくお似合いです」

頬を赤く染めて、スカートの裾を軽快に揺らす。とても楽しそうに。

「ちょっと待って！　誰が奥様？」

「あれぇ？　まだでしたか？　旦那様が連れて帰られたとってもきれいな女性と伺《うかが》っていたので、あたしてっきり」

「まだも何も……」

そのような可能性はない。まったくない。

婚約破棄をされた身としては、恋愛も結婚ももう関わりたくはない。あんなものは毒だ。いや毒はまだ薬にもなるから毒以下だ。

「私は――そう、時の旅人。終わらない旅をしているので旦那様の奥様にはなりません」

「あらぁそれは残念です。ノア様が奥様になっていただいたらとっても楽しそうなのに」

「何を根拠に？」

「あんな嬉しそうな旦那様、初めて見ましたから」

首を捻《ひね》る。

ノアが見たのは暗殺者に殺されかけている姿と往来で跪き頭を下げている姿だけだが？

そんな目に遭ったら普通は落ち込む。なのに嬉しそうとは？

（よっぽどおもしろい利用価値でも見出《みいだ》してくれたのかしら）

それならそれで楽しみではあるが。結婚だけはない。向こうもそんなつもりは一切ないはずだ。

「まあそれはそれとして、これから夕食会ですのでお着替えをどうぞ」

「はあ……」

ドレスを持ってこられて着替えを促される。

ノアも生まれ育ちは侯爵家だ。着替えさせられるのには抵抗はない。

黒いローブを脱いで、ベルトを外し、手伝ってもらって服を脱ぐ。

用意された黒いドレスはサイズもぴったりで、生地と仕上がりも上等なものだった。

――黒のエレノアール。

鏡に映った姿を見て、王国にいた時の呼び名をふと思い出す。

名前を捨てたつもりでも、長年自分を形づくっていたものを忘れるのは難しいものだ。

「まあ、すてきです！　お嬢様のドレスがぴったりでよかった」

「お嬢様？」

「ご安心を。旦那様の妹君です」

アニラはにこっと笑う。

どこかに不安がる要素があっただろうか。

アニラに髪のセットをしてもらう間、ノアはぼんやりと窓の外に視線を向けた。

赤い。

街並みよりも、庭の風景よりも、空の赤さがどうしても気になる。

こうも赤いと朝焼けか夕焼けかと勘違いしてしまう。空の端に夜闇が訪れているから、本当の夕焼けかもしれない。

「それで、いまは何年だったかしら」

平静を装ってさりげなく聞く。

封印期間が設定通りだったなら王国暦七四年のはず。

「いまは帝国暦三三四年ですよ」

頭を横からガツンと殴られた気分だ。

（知らないぞ、そんな暦《こよみ》）

困惑している間に髪のセットが終わる。

「それでは少しだけ失礼します。何かありましたらベルを鳴らしてくださいませ。お夕食はニールさんが腕によりをかけてつくってくれていますので、楽しみにしていてくださいね」

アニラはきれいな仕草で頭を下げ、部屋を出ていく。

ひとりきりになったノアは、ふらふらと部屋の中を歩き、ベッドの上に腰を下ろす。

ふわふわと弾む。

（スプリングが入っているのか、なるほど）

知らない技術。

クッションを手に取り抱きかかえ、顔をうずめる。

「いまはいつなの？　ここはどこなの！」

＃＃＃

「あなたは何者だ」

「私が知りたいです」

夕食会でのヴィクトルの問いに正直な気持ちを答える。自分が何者かなんて、自分が一番知りたい。

席についているのはヴィクトルとノアだけ。ニールとアニラが料理と給仕をしてくれている。侯爵家という割には使用人の数は少ない。だが、屋敷は隅々まで掃除されているし、食器もぴかぴかに磨かれている。テーブルクロスもシミひとつない。

ヴィクトルの華美ではないが品のある服装からも、この借り物のドレスからも、貧乏の気配は感じられない。

他の家人とは会わせないようにしているのだろうか。

それにしても料理が本当においしい。

ポタージュはなめらかでコクがあって旨味がたっぷりで。

肉厚のステーキは香ばしくてやわらかくて肉汁たっぷりで。

パンはふわふわ。

ワインも上等。

ここまで贅沢な食事はいつぶりだろうか。

「あ、そう言えば傷の方は大丈夫でしたか？」

「ああ。奇跡のようにふさがっていた」

「よかった。しばらくは少し痛みがあるかと思いますが、もし我慢できないとか、動かしにくいとか、動作に支障があったら言ってくださいね」

ヴィクトルは微笑みながら頷《うなず》く。

「あなたには事情があるように見える。よかったら話してもらえないだろうか。きっと力になれるはずだ」

——どうしよう。

思いやりのある言葉をかけられたからと言って、自分の身の上を正直に話していいものか。相手は貴族だ。それも一筋縄ではいかなそうな。

人が好《よ》さそうでいて、慕われていそうでいて、間の抜けていそうでいて。それなのにどこか油断がならない。きっとあの目のせいだ。

美しい青い目はいつも、氷のような鋭さを内に秘めている。

——しかし。

手持ちのカードを少しは明かさなければ、欲しい情報を手に入れるのには時間がかかるだろうことも事実。

地道に調べるという手はあるにはある。

だが、本当にほんの少しだけ、疲れてしまった。疲れていることを、あたたかい食事のおいしさに教えられてしまった。少しだけ楽をしたいと思ってしまった。

「アレクシス・フローゼン。この名前をご存じですか？」

そして沈黙が訪れた。


「あなたは本当に不思議な人だな。その名を知るものがまだ野《や》にいようとは」

長い沈黙の後、ヴィクトルはため息をついて呟いた。

「頭のおかしい女の妄想と思って聞いていただきたいのですが」

ワインを飲み、喉の奥に詰まった苦いものを無理やり流す。

「私、その人に狙われていまして。逃げるために自分を三年ほど封印したんです」

「ふむ……」

「で、今日目が覚めたわけなのですが、なんとなくなんですけど、三年どころじゃないなぁって。私の知っている空は青かったですし」

ノアの知っている空は青く高かった。

目覚めてから見る空は、いつも夕焼けのように赤く低い。

ヴィクトルは少し黙って考え込んだ後、デザートのプディングとコーヒーを持ってきたニールに告げた。

「ニール。古い家系図を」

###

テーブルの上がすべてきれいに片付けられて、長い紙がそこに広げられていく。

長い、とても長い家系図だ。

ノアはヴィクトルの横に立ち、広げられていくそれをじっと見つめた。

紙自体はそこまで古くないが、記されている歴史は長い。紙も何度も付け足されている。

一番上には王国を建国した始祖王の名が。アレクシスの名は三代下に。そのすぐ下に嫡子《ちゃくし》のカイウス。カイウスの子は三人。一番末の子から、ヴィクトルの名までの間に、十の世代が書かれていた。

これが古い家系図ということは、家系図は二種類あって、新しい方にはアレクシスの名はないかもしれない。

「アレクシス・フローゼンが生きたのは約三百年前だ」

「さんびゃくねん！」

頭をハンマーで殴られたような衝撃だった。

信じたくはなかったが、それならむしろ納得できる。

王都が森に飲み込まれ滅びていることにも、城が廃城になっていることにも。

それぐらいの時間が経過しているのなら当たり前のことだ。

（封印の時間設定失敗しちゃった？）

いやそんな馬鹿な。

さすがに三年のつもりで行った術が三百年まで延びるはずがない。途中で術式が力尽きる。

（誰かの干渉があった……？）

そうとしか考えられない。

ノアに無断で術式に手を加えたものがいたに違いない。誰がなんのためにと考えようとして諦めた。

（錬金術師の知り合い全員、おもしろそうって絡んできそうな人たちだった）

容疑者が多すぎる。

この問題はとりあえず置いておく。

しかし、信じがたい現実を受け入れると、今度は別の疑問がわいてくる。

ニールの角に、アニラの耳。たった三百年で、人が獣の特徴を得られるものだろうか。自然の摂理では考えにくい。

不勉強なだけで、かつても世界のどこかには存在していて、移民してここまで来たのだろうか。

もうひとつの可能性は、考えるのもおぞましい。

それにあの赤い空。

大気中に満ちる魔素。

ノアがのんびり寝ている間にいったい何があったのか。

5　王家と侯爵

「アレクシスは周辺の国を武力で攻め滅ぼし、国土を拡大した。ゆえに遠征王《えんせいおう》と呼ばれていたらしい」

（遠征王。馬鹿王から出世したものね）

それにしても、馬鹿だとは思っていたけれど、ここまでの馬鹿だったとは。

そして何のためにそんなことをしたのか。

亡くなった妻を生き返らせるため、その方法を探すため。もしくは気が触れてしまったか。側近に唆《そそのか》されたか。

ノアは何も知らない。

知る前に討伐軍を向けられた。

「しかし歪《いびつ》な支配は混沌《こんとん》を呼び、国は乱れ、やがて実の息子に打ち倒される」

（カイウスね）

王妃エミリアーナは、アレクシスの子カイウスを産んだあと亡くなった。アレクシスは王妃を深く愛していたから、後妻をもらったとも考えにくい。家系図でもアレクシスの子はカイウスだけだ。

あの子が父王を討ったとしたら。

力になってあげたかった。

（後悔先に立たずね……）

自分を封印している場合ではなかった。

いや、していなくてもきっと、軍や錬金術師に討伐されていただろうけれど。

「空が赤く染まったのはこのころとされている。王の嘆きが、空を血で染めたと」

「うーん、そこはおとぎ話っぽいですね」

正直な感想を言うとヴィクトルは少しだけ笑った。

「その後フローゼン王朝は帝国に滅ぼされて、この地もいまは帝国領だ」

遠征を続けて恨みを買い、国を疲弊させ。

内乱が起こり、さらに国が疲弊し。

ぼろぼろになったところを、帝国にあっさりと滅ぼされたというところだろうか。遠征王もとい馬鹿王が出兵した先が帝国に力を貸していったなら、いくら王国でも持ちこたえられない。

この城郭都市アリオスは、おそらくそのころにつくられた軍事拠点が都市となったのだろう。

「質問。滅ぼされた王家なのに、まだ名前が残っているのはなぜですか？」

普通なら一族皆殺しで血を絶つ。

温情があれば男子のみ処刑、女子は残される。もちろん名前が残るはずもなく。

ここにヴィクトルが存在して侯爵として街の中心にいることが不思議に思えた。

「当時の王を倒したのは、帝国の支援を受けた傍流のフローゼン一族だった。その功績により侯爵位と、この赤い空が与えられたわけだ」

「あー、それは立場は最悪ですね」

王国にとっては裏切りもの。

帝国にとっても信用のならないもの。

どこかから暗殺者を差し向けられてもおかしくない。

使用人が少ないのはそれが理由だろうか。本当に信頼できるものしか近くに置かない。

(ん？　赤い空が与えられた？)

その言い方だと。

「外の空は青いのですか？」

「ああ、青い」

ヴィクトルは遠い目をして頷く。

「だがこの地の民のほとんどは、空の青さを知らずに生涯を閉じる」

つまり、空が赤いのはこのあたりだけということで、その広さはそれなりに広範囲に及んでいそうだ。

(何かの影響で空か光が捻《ね》じ曲《ま》がっているのかしら)

気にはなるが、いまはあまり重要なことではない。

とりあえず、いま知りたいことは知ることができた。望んでいた以上に。

ヴィクトルに聞いてみて良かった。

「ノア。あなたのいた時代は、獣の混じった人はいたか？」

ヴィクトルからの問いに、息を詰まらせる。

「……いえ。尻尾のある方も、角のある方も、耳が四つある方もいませんでした」

「遠征王の時代、戦争の道具とするために、錬金術で生み出された獣混じりの人間たちがいた。それが、彼らの祖先だ」

——獣との結合。

人と獣を混ぜ合わせ、その特性を引き出す。禁忌の術。

平時では決して許されない研究でも、戦争中ならば、需要も材料も大いにある。吐き気がするほどに。

「……許しさえあれば、そういう研究をしそうな錬金術師は確かにいました」

錬金術師はノアだけではない。

王からの命令があれば、喜んで探究心を発揮しそうな錬金術師はいた。

(神代《かみよ》のマグナファリスに白のグロリア)

錬金術師とは倫理観が壊れているものが多い。

そんなもの、研究の邪魔にしかならないと言う。

吐き気がする。

ヴィクトルの語ってくれた歴史がすべて本当だったとしたら、王国ごと錬金術が滅ぼされても仕方がない。いかに優れた錬金術師でも神ではないし、不死身の存在でもない。世界に敵と認定されれば、生き続けることはできない。

ノアのように時空の狭間《はざま》に身を隠すか、肉体を捨てて精神体となるか。

権力者に匿《かくま》われるか、無力な民として力を隠して生きるか。

足元がぐらりと揺れる。

ふらついたところをヴィクトルに支えられる。

「少し休んだ方がいい」

「ありがとうございます……」

椅子を出され、素直に座る。

ぼうっとする思考のまま、家系図を眺める。

三百年は長い。実感が持てないほど。

「……ヴィクトル様は、私のことがどのように見えますか？」

「そうだな。可憐《かれん》で美しい女性に見える」

違う。そうではない。

「名のある家の出自ではないのか？　所作に美しさが滲《にじ》み出《で》ている」

三百年でマナーがあまり変わっていないのは、よかったのか悪かったのか。

「そういうことではなくて」

わかって言っているのか。

「私はずっと、錬金術とは恐ろしいものだと思っていた」

「それは、そうでしょう」

歴史を知っているのなら、そう思わなければならない。

だからノアのこともそう見えているはずだ。初めて会ったときの、錬金術師と名乗ったときの表情を、忘れることができない。

「しかしあなたの使うそれは、とてもやさしい。すべてのものは使い方次第なのだと、いまさらそれに気づいた。数々の非礼、本当にすまなかった」

「いえ、もう気にしていませんから」

ここまで真摯《しんし》に謝られたら。

ヴィクトルは少し困ったように笑ってから、家系図を片付けていく。

「あなたの腕を見込んで、頼みがある」

（これが本題か）

きっとこの頼みとやらのために、ヴィクトルはノアを引き止め続けた。

ノアの言葉を信じた態度を取った。

「お仕事としてなら聞きます。できるかどうかはわかりませんけれど」

「ああ、対価はいくらでも払おう」

(あ、これ。まずいやつだ)

その目の鋭さが怖い。

「妹の病気を治してほしい」

6　永遠の眠り姫

翌朝。

ニールのつくってくれた絶品の朝食の後、ノアは侯爵邸の奥へと進む。先を歩くのはヴィクトルだけで、他は誰もついてこない。

服はまた新しいドレスが用意されていたが、断っていままで着ていた自分の服を出してもらった。洗濯途中ということでまだ濡れていたが、渋るアニラには着ているうちに乾くと無理を言い、実際には水分を蒸発させて乾かした。

ヴィクトルの妹が寝ている場所は、奥の離れにあるという。

白い石造りの回廊を通り、中庭を歩く。ささやかながらも、しっかりと手入れのされた中庭だった。

白薔薇《しろばら》の花壇に、清らかな水が流れ続ける噴水。

美しい庭だが、ノアの心が休まることはなかった。この先に何があるのかを考えただけで、足取りが重くなっていく。

ただ患者を診察しに行くだけなのに。

ここまで隔離されているとなると、伝染病か心の病か。

先入観を持つのはよくないが、心構えは必要だ。

それに。

(貴族の頼みって、基本的に重いものが多いのよね)

なんでもできるはずの貴族が、錬金術師に頼ってくるとき。

それは奇跡を願うときだ。


離れの一階の、一番奥の部屋。

日当たりのいい部屋だった。中に入ると、飾られている白薔薇の芳香が微《かす》かに漂う。華美ではないが質のいい調度品で揃《そろ》えられた部屋の中心に、天蓋《てんがい》付きの大きなベッドがある。

「私の妹だ」

ベッドには若い女性が眠っていた。

「名はベルナデッタという。今年で十八になる」

豊かな銀色の髪。

整った顔立ち。薔薇色の頬に、ふっくらとした唇。

女性的なややわらかな身体つき。

その造形の完璧さは氷の彫像のようだった。

兄妹《きょうだい》というだけあってよく似ている。閉ざされた瞼《まぶた》の下には、きっと宝石のような青い瞳が眠っているのだろう。

ヴィクトルはベルナデッタの枕元に立ち、澄んだ瞳で顔を見つめた。

「妹はある時から、少しずつ身体が動かなくなっていった。まるで凍《い》てついてしまったかのように」

ノアは少し離れた場所から、ベルナデッタの身体の構造を見た。

これが病だとしたら、不思議な症状だ。身体の組織が変質している。

筋肉も皮膚も神経も、血も体液も、身体を構成するものすべてが。本来とは違う形に変わってしまっていた。

「見た目は何も変わらず、しかし自力で動くことができなくなり。一年前、こうして目を閉ざしてしまった。それからは食事もとらず、ずっと眠り続けている」

「……なるほど」

ノアは瞼を下ろし、視界を閉ざした。

ベルナデッタに向かって小さく一礼する。

「ごめんなさい。死んじゃった人間は治せないんです」

「死んではいない」

ベルナデッタの姿は一見、生きているようにしか見えない。

それでも彼女は死んでいる。

生きている命には皆、きらきらと光る輝きが見える。美しく輝く魂の光が。

しかし、この令嬢には一切の光がない。

「はい。まるで生きているようですけれど、魂が離れてしまっています」

その存在は一見、とても美しい。まるで女神のように。

「私にはどうしようもありません」

「どうしても、か」

「可能なことと不可能なことがあります」

傷ついた魂の修復方法は知っている。

けれど消滅してしまった魂の復活方法はまだわからない。

それを唯一可能にすると言われているのは、『賢者の石』だけだ。

（あれは夢想の産物）
錬金術師の「あったらいいな」という夢でしかない。
その可能性を口にして、残酷な期待を抱かせたくはない。
そもそも魂を戻せたとして。
この身体を元に戻せるかと聞かれれば、そんな約束はできない。
「申し訳ありませんが、私では力になれないようです。それでは、失礼します」

（諦めてないよなあ、あれ）
ローブの前をぎゅっと握りしめながら、歩いてきた道を早足で戻る。
背中がぞわぞわする。
最後に見たヴィクトルの目。
あの目はまったく諦めていなかった。
寒い。怖い。早く逃げないと。
こんなところでフローゼンの血を感じてしまうなんて。
（それにしても、あの病気）
初めて見る病気だ。

全身が硬質化して、魂が消えた後もその時の状態のまま、残り続けるなんて。

(悪い夢のよう)

できれば触れてみたかったし、調べてみたかったし、周囲から話を聞いてみたかったが。

ヴィクトルはまだ肉親が生きていると信じている。

死者として、研究対象として扱えば、怒りに触れるだろう。

そんな恐ろしいこと考えたくもない。

逃げて、忘れる。

ヴィクトルも、ノアが役立たずだとわかったら興味を失ってくれるだろう。


脚力を少しだけ強化して早足で歩く。すぐに中庭に差し掛かり、赤い空が見えてくる。

晴れ渡った空に、大きな鳥の影が見えた。

「……ん?」

不審を抱く。いくらなんでも大きすぎないか、と。

悠然と翼を広げるそのシルエットは、一瞬飛竜を思い出させる。

しかし飛竜だったのは翼だけ。

頭は猛禽類《もうきんるい》のもの。

胴体は獅子。

尾は蛇。

部位それぞれが、まったく違う獣の特徴を持っていた。

――キメラ。

嘴《くちばし》から放たれた、耳を削られるような不快な鳴き声が、空に、中庭に、響き渡る。

「えれ、の、あーる！」

続けて叫ばれたのはまるで人間の言葉だった。

ノアは耳をふさぎながらキメラを睨《にら》み上《あ》げる。

――エレノアール。

「なんで……」

あんな奇妙なものに昔の名前を呼ばれなければならないのか。

どうしてあんなものが自分の名前を知っているのか。

不快だ。すごく不快だ。

「落とす」


キメラの製造方法や構造にはあまり詳しくないが、歪でありながら完成されている造形は、結合箇所が弱い場合が多い。

街の方から慌ただしく響く警鐘《けいしょう》を聞きながら、ノアはキメラの構造を読もうとする。

早く始末をつけなければ、兵士が集まってくるはずだ。できるだけ早く始末したい。

しかしこのキメラ、構造が読みにくくて仕方がない。

「どうなってるのよ」

どんなつくり方をしたらこうなるのか製作者を問い詰めたい。

表面だけではなく内側も、がっつりと混ざり合っている。神の造形物のごとく完成されている。

違う。こんなものが、神の造形物であるわけがない。こんなことが可能なのは――

「錬金獣《れんきんじゅう》だ！」

侯爵邸の外から聞こえる誰かの叫び声。

（錬金獣……錬金術の、獣……そうね、錬金術ね。どう見ても錬金術よね。私もそう思う）

諦めと共に、怒りがふつふつと湧いてくる。

「よくも錬金術の評判を落としてくれたわね！」

ヴィクトルの話を思い出すととっくに地の底な気がしたが。

現在進行形で貶《おとし》められて許せるはずもない。

「絶対に、落とす」

キメラは咆哮《ほうこう》を上げながら、街の上をぐるぐると優雅に旋回する。まるで何かを探すように。

「えれ、の、あーる！」

呼ぶな。その名前を呼ぶな。

（もしかして私を探している？）

この状況下ではそうとしか思えない。

三百年も姿を消していたというのに。もしかして三百年間、その名前を叫んで飛んでいたのだろうか。

背筋がぞっとする。そして心の底から安堵《あんど》する。

（本名を名乗らなくてよかった）

7　錬金術の獣

キメラ。

溶けた鉄を煉《ね》って、固めて、肉をつければ、こんな生き物ができるかもしれない。

飛竜の翼。鳥の頭。獅子の胴体。蛇の尾。

悪夢のような適当さと計算でつくられた生命は、いったいどうすれば赤い空から落ちるだろうか。

侯爵邸の中庭の石像の陰に隠れて考える。

翼の根元を石で固めれば落ちるだろうか。

試してみたいが遠すぎる。ノアの錬金術の届く範囲は案外狭い。訓練次第で伸ばせるらしいが、ノアの専攻は戦闘ではなく人体修復だ。きっとこれからもそんな訓練はしない。

ドスッ。

鉄の矢が足のすぐ横に刺さる。

悲鳴が喉に張りつく。声も出ない。

しかも一本ではなかった。

警備の兵士の放った弓矢が、キメラに当たらずに流れ矢となって、風を切り唸《うな》り声《ごえ》を上げて中庭のあちこちに降り注いでくる。

下手に動けば刺さる。しかもこの威力、かんたんに身体を貫く。

ノアは身を小さくして頭を抱える。

怖い。

命をあっけなく奪うものが次々と近くに突き刺さる。

「撃つな！　同士討ちになる！」

響き渡る鮮烈な命令。

それは辺り一帯に雷撃のように伝わり、次の瞬間には新たに矢が射られることはなくなり、雨のように降り注いでいた矢も収束した。

「無事か」

手に槍を携えたヴィクトルが、ノアの元へと走ってやってくる。

どこから持ってきた槍かと思ったが、屋敷のあちこちに槍や剣などの武器が飾られていたことを思い出す。

それにしても絵になると、状況も忘れて見とれてしまった。

この石像よりも英雄らしい。

「はい。いまのところは」

差し伸べられた手を握り、立ち上がる。

ヴィクトルはノアの無事を確認すると、空を飛び回るキメラを見上げた。

「いまになって街へやってくるとはな」

「えっと……あのキメラは――いえ、あの錬金獣とやらはいったい？」

「あれは大昔から廃城の周りを稀《まれ》に飛んでいるものだ。家畜を襲うことはあるが、街にくることはなかったのだが」

「城の……」

大昔から。ということは最近つくられたという可能性は潰される。

「あなたこそ何か心当たりはないのか」

「知識としてはありますが、キメラを実際に見るのは初めてです」

「キメラか。錬金術師はそう呼ぶのか」

ヴィクトルはキメラを見上げて呟く。

「……エレノアールという言葉には？」

含みを持たせて聞いてくる。

「こっちが知りたいです」

何となく気づいているのかもしれない、この男。

やはり油断ならない。

そして今後一生エレノアールの名前を名乗ることはしないと心に誓う。

「旦那様！　ノア様！」

盾と大振りの鎚《つち》の武器——メイスを持ったニールが中庭へやってくる。

歴戦の戦士のような勇ましい姿が心強い。

戦力は内にも外にも揃ってきた。だが、相手が空にいること。動き回っていて軌道が定まらないこと。味方の位置がバラバラなこと。市街地なこと。

どう考えても分が悪い。

飛び道具は当てにくく、落下地点が悪ければ味方や一般人に被害が出る。

いまはキメラそのものによる被害は出ていないようだ。追い払えれば一番いいのだが。

「えれ、のあぁある！」

叫び声に狂乱が混ざり始める。ガラスを思いっきり引《ひ》っ掻《か》いたような不快な、耳に痛い響き。このまま興奮状態になっていけば、何が起こるかわからない。

これ以上錬金術の名前が憎悪の対象になるのは我慢ならない。

（もし、私が狙われているのなら）

囮《おとり》になれば、引きつけることもできるはず。

相手の狙いを一点に定めさせることができれば、対処もしやすい。

「ヴィクトル様、ニールさん。こちらに引きつけてみますから、下がっていてください」

「よせ、危険だ」

「私は錬金術師ですから」

にこりと笑ってみせる。

隠れていた石像の陰から飛び出し、空の下に身を現した。

ここからならあのキメラにも見えるはず。あとは気づいてもらうだけ。

できるだけキメラに近い位置で空気を圧縮した球をつくり、狙いを定めて一直線に撃ち出す。

パンッ、と弾ける音がキメラの頭の横で響く。

キメラは驚いたように翼をバタつかせ、その場に留まり辺りをくるくると見回し、ついにノアを見つけた。

「え、れ、のあぁぁぁる！」

いままでとびっきりの歓迎と怒りの声だった。

狙いを一点に定めて、風を切り、ごうごうと音を立てながら滑空してくる。

ノアの口元に強張《こわば》った笑みが浮かんでくる。

怖い。けれどあとには引けない。

地面に両手を突き、石の成分を全力で引っ張りあげる。

視界から、キメラが消える。

キメラとノアの間に現れた巨大な石壁によって。

激しい衝突音と地響き。

石壁の後ろにいたノアを、誰かが抱えて横に跳ぶ。ヴィクトルだった。

離れたところで、石壁の根元がポキリと折れて倒れてくる。

あのままそこにいれば押し潰されていた。

重い音と共に舞い上がる砂埃《すなぼこり》を見ながら、ノアは息を飲む。

キメラはというと巨体を地面に寝そべらせ、翼を力なく動かしている。

脳震盪《のうしんとう》を起こしているらしき頭に、ニールのメイスが振り下ろされた。

脳天を衝撃で貫かれ、濁った悲鳴を上げる。

しかしさすが頑丈なもので、キメラは失神することなく起き上がり、ふらふらとした足取りで後ろへ下がる。

頭蓋に鉄でも仕込んでいるのだろうか。

ヴィクトルがノアの身体を後ろに押して逃がす。

その肉体が大きくしなり、息が止まり、手にしていた槍が鋭く撃ち出された。

まるで砲撃だ。

攻城兵器の如《ごと》く放たれた槍はキメラの翼を貫き、そのまま貫通して壁に突き刺さる。穂先が石壁に水平に刺さるのを見て、ノアは息を詰まらせた。

(なにその投擲力《とうてきりょく》)

しなやかで素晴らしい筋肉を持っていると思っていたが、まさかここまでの威力を発揮するなんて。

怖い。

三百年後の人間怖い。

(――と、いまだ!)

このチャンスを逃す手はない。勇気をふり絞り、キメラに向けて走り出す。

走りながら腰のポーチの中の亜空間から、一本の投げナイフを取り出す。細く黒く、濡れたような質感のナイフ。

黒のエレノアールの二つ名は、この黒から生まれた。

この黒は、呪素の黒。呪素を自在に扱える人間は多くない。ノアは自分以外に知らない。

この刃は、魂を直接傷つけるための刃。

羽根のように軽いそれを、至近距離まで近づいてから胴体に向かって投げつけた。

ナイフは吸い込まれるように、傷ついた翼の方へ突き刺さる。

悲痛な叫び声。

呪素に魂を喰われる痛みと苦しみが、憐《あわ》れみを覚えるほどの叫びとなる。

キメラは苦しそうに蠢《うごめ》く。

さすがに可哀《かわい》そうに思えたが、これで脅威はなくなる。そう、安心しかけたとき。

キメラは呪素に喰われる自らの翼を、その鋭い爪で引っかけてもぎ落とした。

「なっ?」

驚いたのは行動だけではない。その後のキメラの身体の変化。キメラの身体の中心が赤く光ったかと思うと、次の瞬間には、翼が何事もなかったかのように再生していく。

「えれの……あああ……」

地獄の底から響くような声。

猛禽類の金色の瞳でノアを見据え、ゆっくりと翼を動かし始める。巨体が垂直に、力強く浮かび上がっていく。

赤い空を飛び、遠くへ消えていく。

逃げていくその先は、王都のあった方角だった。

第二章　不死の霊薬と不滅の幽霊

1　不滅の幽霊

キメラとの戦闘でぼろぼろにしてしまった侯爵邸の中庭を修復し、戦闘での負傷者の治療をこっそりと行い、診療所にも顔を出して昨日の子どもの様子を聞いて、ノアは城郭都市アリオスを後にした。

門から出ると門番に止められるかもしれないので、警備の薄い壁に錬金術で足掛かりをつくって、導力で操る縄で補助して登った。

森に下りると人目につかないように気をつけながら家のあった場所を目指す。

気分は犯罪者だ。何も後ろめたいことはしていないのだが。

「迷った……」

街が見えなくなって早々、ノアは絶望的な気分で呟いた。

どこもかしこも森。なんの変哲もない森。景色の変わらない森。

根拠のない自信で帰れると思っていた自分の馬鹿さに頭痛がした。

「王都の方角はわかる。王都から家への道は覚えてる……ので、王都に行ってから帰る」

方針は決まった。

何とも遠回りな上に、先ほどのキメラとまた出会いかねないルートだが仕方ない。

せめて前向きにと歩き始めたとき、遠くから地響きのような音が聞こえてきた。

石を土の上に滑らせるような音。

ほどなく森の隙間から見えたのは大きな人影――いや、石の影。

「ゴーレムくん！」

ノアのつくったゴーレムが、ゆっくりと力強い足取りでノアの元へと歩いてくる。

「そうだった！　お仕事が終わったら私のところに来るように言ってた！」

特に何も考えずにした命令が、いま花開いている。

製造者と製造物を繋ぐ魂の糸が、運命の糸になったのだ。

「ゴーレムくんありがとー！　大好き！」

顔のない石人形が格好良く見えて仕方がない。

早速ゴーレムの肩に乗る。

「それじゃあ、このまま家に連れていって」

ゴーレムは歩き出す。自らがやってきた道を。

###

太陽が中天を超えたころに家に辿《たど》り着《つ》く。

瓦礫の山は命令した通りに、石とその他で分類され終わっていた。

「お疲れ様。ありがとう」

お礼を言ってゴーレムの命令をすべて解除し、仮初《かりそめ》の魂を抜く。

魂を失ったゴーレムはその場でガラガラと崩れてただの石に戻る。

「さて、もうひと頑張り」

気合を入れて地面に一部屋ほどの四角い穴を開ける。

壁と床を厚い石で覆って、天井は出入口部分だけは開けておいて同じく石で覆って、地下室にした。

その中に元研究室の中にあった大事なものを入れていく。子どもぐらいの大きさのゴーレムを三体つくって手伝ってもらいながら。

地下室が完成すると、上に小屋を建てる。昔の屋敷ほどの大きさはいらない。前回は実家基準でつくってしまったので小さくしたつもりだったが大きすぎた。今度は一人暮らしに充分な規模でつくる。

森の中で目立たない小屋を。

いま思えば、屋敷がボロボロだったのは経年劣化だったのだろう。三百年の風雨に晒されれば仕方がない。そこにあの地面の揺れ。崩壊しても仕方ない。よく頑張ったと思う。

最後に見つかりにくくなる隠者の術式をかけて、ひとまず仮の家づくりが終わる。とりあえず家具は簡易的なもので揃える。

ベッドは大事なものなので、上の小屋と地下室の両方に備える。

ある程度表面を整えたら、地下室に下りる。

とりあえず雑多に置いていった錬金術関係のものを、丁寧に整理していく。足りない棚はすぐに石を盛ってつくれるから、錬金術というものは本当に便利だ。

「ああ、これも、これも、壊れている……」

研究道具の中でも繊細な器具や、フラスコやビーカーなどのガラス製のものは割れてしまっている。器具は一応中に入れて、割れたガラスは大地に還《かえ》した。

同じようなものはこの時代でも買えるのだろうか。もしくは、鍛冶屋《かじや》やガラス職人を探してつくってもらうことはできるのだろうか。

どちらも無理なら。

「自分でつくらないとなぁ」

できるかどうかはわからないが、やるしかない。

そう。やることはまだまだある。

あるのだが、果たして。

「意味があるのかな……」

この世界ではもはや錬金術は憎しみの対象ですらあるのに。

「人体修復には需要があると思うけど……錬金術だって言ったら、嫌がられるかなー。隠して使えばいいのかなー。でもそうしたら聖女とか思われかねないし」

聖女という響きは好きではない。

聞くたびに寒気が走る。

他ならぬ妹がそう呼ばれていたから。

双子の妹という存在と折り合いをつけるのは難しい。

自分と同じ存在のようで、自分とまるで違う。

身体も魂も分けて生まれてきたはずなのに。

同じだからこそ、違うということが突きつけられる。

ふらふらとベッドの方に歩いていき、靴を脱いで、寝転ぶ。

なんだかとっても疲れてしまった。

たった一日出かけていただけなのに、長い長い旅をしてきた気がする。

（あのベッドよかったなぁ……スプリングを仕込むあのアイデアは真似しよう）

少し休んだら、快適な空間づくりに取り組もう。

満足いく部屋ができたら、もういっそここに引きこもってしまおうか。

外の世界は怖すぎる。

###

いつの間にか眠ってしまったらしい。

夢と現《うつつ》の間で揺れながら、ゆっくりと目を覚ます。

ぼやける視界の中で、白いドレスを着た女性の姿が見えた。ベッドの上に浮かぶ格好で。

夜空を紡《つむ》いだかのような黒く長い髪。

月のように輝く金色の瞳が、ノアを見て瞬《まばた》きをする。

その身体は薄《う》っすらと透けていて、重量感というものがまるでない。

そしてノアはその顔に見覚えがあった。

「グロリア！」

名前を呼んで飛び起きる。

「あら黒の。やっと起きたの」

白のグロリア。

ノアが黒のエレノアールと呼ばれていたときに、同じく錬金術師だった女性だ。白と黒の対だとよく言われた。

あのときはまだ普通の人間だったが。

「おめでとう！　ついに肉体を捨てたのね！」

いまのグロリアは精神体。

全身がきらきらと金色を帯びる、魂のみの姿だ。グロリアはずっと肉体を捨てたいと言っていた。

そして肉体を捨てるための研究を続けていた。

「あんな重くて醜いもの。あなたも早く捨てた方がよろしくてよ」

ふわふわと浮かびながら肩をすくめる。

「余計なお世話。相変わらず価値観が合わないわ」

「あら可愛くない。せっかくお休みの時間を延ばしてあげましたのに」

「やっぱりグロリアの仕業だったのね！」

そんなことだろうと思っていたけれど。錬金術師の術式に関与できるのは錬金術師くらいだ。

グロリアは以前と変わりない様子で、楽しそうに笑う。

「ふふっ。そうでなければもっと大変な目に遭っていたでしょうね」

「う……具体的に聞きたいような、知りたくないような」

ノアはベッドから足を下ろし、腰かける状態になってグロリアを見上げる。

「まさかこの時代で再会できるとは思っていなかったわ。いままでどうしていたの？」

「わたくしが教えてあげるとお思い？」

美人も悪女に見える、意地の悪い笑み。

「まさか無事に戻ってくるなんて興覚めですわ。時の狭間に消えてしまえば楽になれたでしょうに」

「残念でした。で、グロリアはその三百年幽霊やってたわけ？」

「幽霊って言わない！　高位精神体！」

（どう見ても幽霊だし、下手すれば悪霊）

「誰が悪霊ですってぇ！」

「心が読めるの？　すごーい」

思わず拍手する。

「もー！　黒のなんて知りませんわ！」

なぜか怒って姿を消してしまう。何の名残《なごり》も残さずに。

傍《はた》から見ればどう見ても幽霊だ。

部屋にひとりきりになり、ノアは腕を組んでうつむいた。

「うーん、いまのは本当に現実だったのかしら」

自分が見た都合のいい幻覚かもしれない。

知り合いに会いたいという深層心理から生まれた白昼夢だったのかもしれない。

「いやでもグロリアには特に会いたくはなかったし。やっぱり現実？」

気を取り直すために、地下室から上に移動する。あたたかいお茶でも飲んで落ち着こう。

湯を沸かし、ポーチから茶葉を取り出し紅茶を淹《い》れる。即席の椅子に腰をかけて、ゆっくり身体をあたためる。

心も段々落ち着いてくるのを感じる。

やっぱり、自分の家は落ち着ける。

目覚めてから、わけがわからないこと続きだった。昔のことと現在のことが整理しきれずに、一種の興奮状態だったと思う。

それでもそろそろ受け入れないといけない。

この時代を。この世界を。

ゆっくり考えるためにもお茶菓子がほしいと思ったそのとき。

入口のドアが激しくノックされた。

2　不死の霊薬

迷い人だろうか。

森の中に建てたばかりの家に、家主を訪ねる人がいるとは思えないが。隠者の術式もかけているのに。

不思議には思ったが、切羽詰まった雰囲気を感じたのでドアを開ける。

そこには、焦った表情の二角黒髪の青年、ニールがいた。背には小型のメイス。

「ノア様！　お願いします！　旦那様を止めてください！」

「ちょ、ちょっと待って。落ち着いて」

勢いが。勢いが激しい。

「ヴィクトルがどうかしたの」

様を付けずに呼んでしまったが、ノアは彼の従者なわけではなく、帝国民でもないからよしとする。

「旦那様が、お一人で旧王都へと行ってしまわれて」

「何をしに？　まさかあの錬金獣を退治しに？」

あの身体能力があったとしても一人は無謀だと思う。退治しに行く意味も薄い。

ニールは首を横に振る。

「いえ、旦那様は旧王都にあると言われている『不死の霊薬』を、ずっと探していらっしゃるのです」

「不死の霊薬ですって？」

また馴染みのある名前が出てくる。

不死の霊薬――あるいはエリクシル剤。

万病を治し、永遠の命を得られるという、錬金術のひとつの到達点。

(マグナファリスがつくったことがあるとは聞いていたけど)

神代のマグナファリス。

三百年前の時代でも、数十年前から容姿がまったく変わらないと言われていた錬金術師。

だから、伝説として残っていてもおかしくはない。特にヴィクトルは歴史に詳しかった。

「いつもは俺が供をするのですが……今日は、ひどく焦っておられたようで……」

置いていかれてしまったと。

そして慌てて追いかけて、その道中でノアの家を発見したのだろうか。

「ノア様、お願いします。俺では旦那様を止めることができない」

「うん、わかった」

ヴィクトルが逸《はや》った理由はなんとなく理解できた。

不死の霊薬。

その存在を知っていて、探し続けていたとしても、昨日まではヴィクトルにとってはおそらく伝説でしかなかった。

しかしノアという錬金術師の存在、そしてキメラの存在とその驚異的な回復力が、伝説が真実だと信じ込ませたのだろう。

――不死の霊薬は実在する。

その薬で妹を治せるかもしれない。

そんな残酷な希望がヴィクトルを突き動かした。

「え、本当によろしいのですか。今更ですが、あの場所は危険種が――」

「王都には行かなければいけないと思っていたの。ちょうどいい機会だわ。準備をしてくるからちょっと待ってて」

ニールを外で待たせ、地下室へ降りる。さて、何を持っていこうか。

信頼している従者の制止も聞かないとなると、ノアの言うことなど更に聞かなそうだから、道具が必要だ。

ポーチに入れてある縄の具合を確認する。

もし本気で抵抗されると自分もどうなるかわかったものではない。

正直少し怖いが、ニールの頼みは断れない。あれだけおいしい食事をつくってくれたのだ。また食べたいから、関係継続のための努力は惜しまない。

壁にかけていたローブを羽織り、裾を翻《ひるがえ》す。纏《まと》わりつく迷いを振り切るように。

「死んだ人間は治せないの」

###

家づくりで余った石材は既に土に還してしまっていたので、また地中から石の成分を呼び出しゴーレムをつくる。

今度は少し肩幅の広い、巨人のようなゴーレム。

「すごい……これもノア様の錬金術なのですね」

息を飲んでゴーレムを見上げるニール。

ノアはゴーレムを片膝立ちにさせて、その肩に座る。

「ニールさんはそっちにどうぞ。この子で王都まで一気に移動するので」

促すと、ニールはやや戸惑いながらも、軽い身のこなしで反対側の肩に乗る。

「それじゃあ王都へ出発ー！」

移動用のゴーレムなので、速度は速め、乗り心地は安定感重視にしてある。

「ところで、どうして私の居場所がわかったの」

森の中を風を切るように走りながら、ニールに問う。ゴーレムの頭を挟んでいるだけで距離は近いので、会話をするのには何も問題ない。

ニールは少し困ったように答えた。

「大変失礼ながら、匂いで」

「え」

引く。

「あ、違います！　大変いい匂いだと思います！」

引く。

「その、俺は人よりも匂いに敏感なようでして」

「ああ……なるほど」

混ざっている獣の特徴なのだろうか。

それにしても匂いとは。昨日浴場を借りたし、服も洗濯してもらったのだが。

（あの大きなお風呂、良かったなぁー。温泉だって言ってたなぁ。また行きたいなぁ）

思いを馳せていると、今度はニールが聞いてきた。

「……ノア様は外の国から来られたと聞きましたが、獣人のことはご存じですか」

「知ったのは昨日が初めて。というか様とか付けないで」

「そんな恐れ多い」

恐れ多いとは？

首を傾げる。王国の侯爵令嬢だったことは誰にも言っていないし、三百年前の時代から来たことも、おそらくニールは知らないはずなのだが。

「ごく普通に接してくださることに驚きました。我々は忌避の目に晒されることが多いですから」

「最初は少し驚いたけれど、ニールさんはいい人っぽいし。つくってくれるご飯もおいしいし」

いきなり斬りかかられるようなこともなかったし。恐れるようなことはない。

ニールは笑う。どこか寂し気な顔で。

「この国では長年、獣人は奴隷扱いでした」

「……奴隷？」

風に紛れて聞こえた言葉は、耳を疑うものだった。

「はい。法では禁じられていますが慣習として。罰せられることもありません」

「…………」

胸がざわざわする。

奴隷という言葉や制度は知っていても、ノアは実情を知らない。

しかし獣が混じった人々――獣人と呼ばれる人々を最初につくったのは、ヴィクトルの話では王国の錬金術師なのだ。

王国と錬金術師の罪が長年多くの人々を苦しめてきたことを、いまようやく知った。

胸が、苦しい。ゴーレムの頭に添えている指が震えていた。

「獣人を奴隷から解放してくださったのが旦那様です」

「そうなんだ……」

「はい。領地に獣人を広く受け入れ、仕事を任せ、生活が成り立つようにして。いまも奴隷商に獣人が攫《さら》われないように取り締まっているのです」

「…………」

「旦那様は我々の英雄であり希望なのです」

ヴィクトルが街の人々から受けていた視線の意味をようやく知る。

彼は領主であり、ニールの言うとおり希望だ。

闇夜の篝火《かがりび》のようなものだ。失っては、進むべき道も、己の手足も見えなくなるような。

ノアよりもよっぽど高貴な魂の持ち主だ。

そんな貴族がひとりで危険な場所に行くなんて。

「それは絶対連れて帰らないとね。私が縄をかけるから、ニールさん引っ張るのお願いね」

「あの、できればもう少し穏便な方法で」

注文が多い。

「ところで危険種って?」

不穏な単語をニールが言っていたような気がして確認する。

「……旧王都には錬金獣のような怪物が時折姿を見せるのです。そのため、領民には近づかないように厳命しているのです」

「なるほど。まあ、何とかなるでしょう」

3　王都のアウラウネ

赤い空。

滅びた都は昔の面影を残しながら、森に飲み込まれていた。宝石と讃《たた》えられた街並みも、貴族の屋敷も、城も。

人の気配はなく、あちこちに朽ちた槍や矢、壊れた鎧が転がっている。昔の戦いの痕跡が、そのまま打ち捨てられていた。

戦争を繰り返し、滅びた王国。

あまりにも時間が流れすぎたからだろうか。

記憶に鮮明な景色はすっかりと色を失っていて、同じものでも別物だった。

（思ったよりも落ち着いていられるかも）

荒れ果てた道をゴーレムに乗って進む。昔は賑やかな大通りだったが、いまは木の根によって歩くことすら困難だ。

王都と森の家との往復にはよくゴーレムを使っていたが、王都の中にまでこのまま入ることになるなんて。

「ノア様、あちらです」

何度も足を踏み入れたことがあるのだろう。ニールの指示には迷いがない。ノアも彼の嗅覚《きゅうかく》は知っているので安心して道案内を任せられる。

（魔素が濃いなぁ）

ノアは辟易《へきえき》した。濃厚なそれに酔いそうだ。

魔素は魔術を使うときに必要になる、世界を動かすための存在。錬金術でも導力と共に使うこともある。

通常は大気に、大地に、一定の濃度で含まれている。それがなければ術は発動しない。しかし有りすぎてもまったく意味はない。

城郭都市アリオスではここまでではなかった。

王都になんらかの原因があると思うが、いまは調査する余裕はない。

都の中心にある城を見上げる。

誰もいなくなった国の、廃れた城。

込み上げてくる感傷を呑《の》み下《くだ》す。

そのとき、大通りの先で石が崩れ落ちるような音が響いた。

即座に反応したニールが、ゴーレムの肩から飛び降りて音の方へと走り出す。

「旦那様！」

声の向けられた先から、抜き身の剣を携えた人影――ヴィクトルが、背後を警戒しながら走ってくる。

「ニールか」

崩落の音は何度も繰り返され、しかもこちらに近づいてくる。

何かが、来る。

大きな存在が。

「ゴーレムくん、命令変更。回避優先で私を守って」

ヴィクトルはゴーレムの肩の上に乗るノアを見て、こんな状況だというのに苦笑する。

「あなたには本当に驚かされる」

「お互いさま」

ヴィクトルの身体に大きな怪我はない。小さい傷や、服の破れなどはあったが、緊急治療を要するものはない。

言いたいことは山ほどあったが、いまは迫りくるものに警戒する。

「何に追われているの」

「さて、何と言ったらいいのか」

建物の陰から、太くしなる縄のようなものが伸びてくる。

ゆっくりと、ゆっくりと。

砂埃を立て、周囲を壊しながら巨体を動かす。

姿を現したそれは、ノアたちを見て、おもしろそうな遊び道具を見つけた子どものように、笑った。

奇妙な存在だった。

上半身は人型。真っ白な布でつくった人形のような、少女のような。腰から下は大きな花弁に埋まっている。

下半身は、人型を支える台座のように開く花と、植物のツルや木の根のようなものが大量に生えていて、それをクネクネと動かして移動している。

まるで伝説の怪物アウラウネだ。

これもおそらくキメラだろう。複数の植物とホムンクルスのキメラ。そうとしか考えられない。

まったく、誰がどうしてこんなものつくったのか。

とにかく、これが危険種とやらで間違いないだろう。

「上の部分はホムンクルス——人型の植物だから、気にしなくて大丈夫」

攻撃をためらわせる擬態だ。

正確には植物ではないが、ホムンクルスの性質は植物のようなものだ。人工の人間なんて知ったら、戦いにくくなるだろうから伏せておく。

「植物……そうだろうな、植物か……」

「ヴィクトル？」

「私にはベルに見える……」

剣先をさまよわせ、苦しそうに呟く。ベルとは妹ベルナデッタのことだろう。

「――幻覚よ！　ニールさん！　ヴィクトルの頭をぶん殴って！」

「できません！」

悲鳴じみた声で叫ぶ。

衝撃で幻覚から覚めるかとも思ったが、できないなら仕方ない。

ふわり、と。

甘い花の香りが漂い、頭の奥がくらくら揺れた。

アウラウネの上半身がくすくすと笑っているように見えた。

このままではノアも幻覚の中に引きずり込まれるかもしれない。

（まずい）

ヴィクトルにはあの人型部分が妹の姿に見えている。おそらくよく知る――執着のある姿に見えるのかもしれない。そうやって敵に襲われないように身を守っているのだろう。

（幻覚で何が見えるのかなんて、想像もしたくない！）

対応は迅速かつ冷静に。

ノアはゴーレムの肩から飛び降りて、地面に立つ。

「危ないから離れてて」

「そんなものない！　ゴーレムくん、アウラウネに突進！」

「策があるのか」

まっすぐに植物キメラを指差す。

ゴーレムは主《あるじ》の思考通りに行動する。巨体を揺らし、脚部に力を込め、地面を強く蹴り出す。

アウラウネの触手がゴーレムに纏わりつこうとする。そんな勢いではゴーレムは止まらない。

アウラウネの巨体と、ゴーレムの巨体が衝突する。激しい衝撃が耳と地面を揺らす。

ノアはそのタイミングでゴーレムの構成を解除した。ただの石人形になり、その身体が崩れる。

(石壁！)

崩れる石を、広く薄く構成しなおし、何枚もの石の壁で、衝撃を受けて動きが鈍っているアウラウネを取り囲む。

(着火！)

腰のポーチから固形燃料を取り出し、導火線に火を発生させ石壁の内側に投げ込む。

燃え上がった火がアウラウネの根に落ちる。ノアは意識を集中させ、一本の根から水分を急速に奪う。

一本だけ急速に燃え上がるが、本体にはたいした問題ではないのだろう。ぽとり、と燃え上がる根が本体から切り離される。

（仕上げて）

石壁の隙間を、天井を、土で埋め、ドームを仕上げる。アウラウネの姿が完全に覆い尽くされた。

しかしこれは、ただの土。

一本の根が、脆《もろ》い部分をあっさりと内側から貫いた。

その瞬間。

ドームの中で爆発的に炎が燃え上がり、苛烈《かれつ》な熱風が吹き抜ける。

甲高《かんだか》い悲鳴が上がり、アウラウネを捕らえていたドームが崩壊していく。

中にいたアウラウネは炎に全身を焼かれ、黒く炭化しながら苦しそうに身をよじっていた。

（成功した……けど）

威力に引く。

密閉空間で火を燃やすと消えてしまうが、そこに穴を開けると激しく燃焼するという現象を聞いて、以前ごく小規模で実験したことはある。

ここまでのものとは。

アウラウネの上半身が焼け焦げて落ちる。

あの花の香りも消えていた。器官が損傷して、香りを発生できなくなったのだろう。これでいい。

アウラウネの全身に水分を浴びせ、鎮火させる。燃えたまま暴れられると危険だ。

あとに残ったのは弱々しく蠢くツルと根の集合体。

風が吹く。

ヴィクトルが風のごとく疾《と》く剣を走らせる。

ニールのメイスが襲い掛かってくるツルを弾き返し、ヴィクトルを守る。

一本ずつ確実にツルと根を削《そ》いでいき。

アウラウネをつくっていたものすべてがほどけ、悪趣味なキメラはついに動かなくなった。

4　エレノアールの万能薬

「この馬鹿！」

危険はひとまず去ったと判断できた直後、ノアはヴィクトルに掴《つか》みかかった。

掴みかかるといっても体格差があるのでほとんどぶら下がるような格好になる。

身長でも体格でも、実際に積み重ねてきた年齢でも敵わないような相手に、戦いの勢いのまま、胸を湧かせる勢いのままに叫んだ。

「あなた領主なんでしょう？　死んだら街のひと皆困るんでしょう？　そんな人が、ひとりで無茶するんじゃない！」

「すまない」

意外と素直に謝られて困惑しながら、胸ぐらを掴んでいた手を放して後ろに下がる。

ヴィクトルは憂《うれ》いを帯びた眼差しで顔を逸らし、剣を鞘《さや》に納めた。

「私には時間がないんだ」

ああこれは、おとなしく帰る気はない。

ノアはポーチから縄を取り出す。錬金術でつくった縄はノアの導力によって思考通りに自在に動く。

先を操ってヴィクトルの上半身をぐるぐるに巻いて拘束するなんてことは動作もないことだ。

「なっ？　なんだこれは！」

「ニールさん、これ持ってて」

「あぁぁ……本当にやるなんて……旦那様申し訳ございません……後でどんな罰も受けます」

「ノア！　どういうつもりだ！　たとえあなたと言えど――」

「これくらいしないと、まともに私を見てくれないでしょう」

ヴィクトルは怒っている。怒りと戸惑いの表情でノアを見ている。

初めて、自分自身を正面からきちんと見てもらえた気がした。

彼が本気になれば縄から抜け出すのはかんたんなはずだ。腕は縛ってあるが足は自由だ。

そうしないのはノアがどんな行動をするか見ているから。

ため息をつく。

「自分の手持ち時間があとどれくらいかなんて、誰にもわからないわ」

三年時を飛ばすつもりが三百年飛ばされるケースもある。

だから時間がないとかいう言葉では納得できない。それでも、ヴィクトルがひどく焦っていることはわかる。

落ち着いて、なんて言葉は届かない。

何がわかる、とか言われるだけ。

ノアはポーチに手を入れて、亜空間の中から一番大切なものを取り出した。

「はい。これあげるからいまは我慢して」

ルビーのような輝きを放つ液体の入った小瓶。

「不死の霊薬とまではいかないけれど、万病や致死の傷を治す薬よ。私のひとつの到達点」

人体修復の力を薬で再現するためにつくった、強い命の源と、複雑な術式をいくつも重ねた、いわゆる万能薬。

「これならもしかしたら、あなたの妹の身体は元に戻るかもしれない。あくまでもしかしたら、だけど」

ノアにとっても未知の病だったので断定はできない。薬の効能には自信があったが、ノアは自信家ではない。

小瓶をヴィクトルの胸のポケットに差し込む。

ノアはまっすぐに、困惑するヴィクトルの目を見つめた。

「けれどこれだけは覚えていて。死んだ人間は治せない」

青い瞳は宝石よりも美しく。

かつての婚約者に、そこだけはよく似ていた。

「この薬でも、不死の霊薬でも。身体は治せても、魂を呼び戻すことはできないの」

死者の復活なんて、それこそ何回も試した。

ノアだけではない。先達《せんだつ》の錬金術師たちも。

それでも誰もその領域へ踏み込むことはできなかった。

「あとその薬、一回分しかないから。もう二度とつくれないので大切に使って」


風の音が、街の静けさが沁《し》み入《い》ってくる。

戦いによる興奮状態が少しずつ落ち着いていくのがわかった。

ノアは小さく咳払《せきばら》いをした。

「とにかく、ひとりで王都を探索なんて無理です。私も協力しますから、いまは戻りましょう」

縄をほどく。

その刹那。

強い風の唸りが聞こえた。

激しい突風が真後ろから吹きつけ、身体が飛ばされ地面に倒れる。衝撃で一瞬意識が飛ぶ。

正気を取り戻したとき、ノアの身体は空を飛んでいた。

###

冷たい暴風が肌を切る。

眼下に見える地面が、王都の姿が、遠い。城の頂点からでも見られないような景色に、身体が凍りつく。

強く締めつけられ、息が詰まる。

巻きついているのは太い蛇だった。鱗《うろこ》に覆われた紫色の肌が艶《なま》めかしく光っている。

「えれの、あーる！」

歓喜の声が頭上から響く。何とか身体を捻って視界を動かすと、鳥頭竜翼、獅子の身体に蛇の尾を持つキメラの姿が見えた。

アリオスを襲ったキメラと同じ姿。同じ個体とは限らないが。

キメラは城の方へ飛んでいく。悠然と翼をはためかせて。

「ぐっ……」

全身が強く締めつけられる。骨が悲鳴を上げるような強さで。

キメラはノアの苦しさなどまったく気にする様子もなく、子どものようにはしゃいで歌う。

「えれの、あーる！　えみり、あーな、ナル！　ナル！」

ぞっとした。自らの正気すら疑った。狂っている方がまだ救いがある。

（冗談じゃない！　来い、来い、来い――――！）

冷静さをかなぐり捨て、必死で指先に呪素を集める。

大地に濃く存在する呪素は、空からは遠い。しかし空にもわずかに存在する。

硬い鱗を貫くために自らの指先を変化させ、爪を鋭く伸ばす。激痛を伴う荒業《あらわざ》だが、いまはどんな痛みも、どんな苦しみも、感じない。

腹部に巻きつく蛇に、爪を立てた。

鱗の隙間から肉を刺し、中に呪素を流し込む。魂を蝕《むしば》む呪いを。

蛇がビクリと痙攣《けいれん》し、縛っていた力が緩む。

そしてそのまま空中に投げ捨てられた。

落ちる。墜ちる。

ノアは迫りくる地面を見た。

下は石と土だけの荒れ地だ。おそらく元は貴族の邸宅があった場所。徹底的に破壊されて石しか残ってはいない。

墜落部分の地面をやわらかくして、クッションにしようとした、が。

力が入らない。

錬金術の使いすぎによる、導力切れ。

初歩中の初歩のミス。

(あ、これ死んだかも)

風を受けながら、他人事《ひとごと》のように思った。

5 再生

赤い空に、滅びた城。

キメラはどこかへ飛んでいってしまった。寝床で傷を癒《い》やすのだろうか。

城の影が近くて遠い。

(もしかして、まだそこにいるの?)

アレクシスの気配を感じる。死の間際の夢だろうか。

できればもう一度くらい会って、話をしてみたかったけれど。

(もう会えそうにないわ)

ノアの身体はそのまま大地に受け止められた。

運がよかったのか悪かったのか、頭部は無事だったため、かろうじて意識はある。即死ではない。

だからこそ全身がずたずたに傷ついていることがわかった。

至るところで出血している。内臓も無事ではない。なのに痛みすら感じない。怪我人をたくさん診てきたから、わかる。

このままだと遠くない未来に確実に死ぬ。

自分で自分を治そうにも、身体が動かない。錬金術を使うための力も切れている。もう、どうしようもない。

――もういいんじゃないか、と。

諦めの感情が、やさしく囁《ささや》き、意識をゆるゆると包み込んでいく。

これ以上、この世界で生きてどうするのか、と。

(エミィが死んだとき……)

アレクシスは妻エミリアーナの実姉である自分を討伐しようとした。

何故そんなことになったのか、理不尽さに怒ったが、理由は誰も教えてはくれなかったし、自分でも考えないようにしていた。

けれど、本当は何となく気づいていた。

エレノアールとエミリアーナは双子だ。

器の構成はまったく同じ。魂はまったく違うものだったけれど。

おそらくアレクシスは、ノアの肉体に妻の魂を入れようとした。同じ身体なら別人の魂も馴染むだろうと。そうやって愛するものを復活させようとした。

誰かに唆されたのか、自分で思いついたかはわからないけれど。

(本当にムカつく)

あの男は昔からそんな男だった。いつだってノアを見ようとはしなかった。

政略結婚の相手、恋人の姉、義姉、国家錬金術師、愛するものの器――……

キメラの言っていたように、いまもまだ生きていて、エミリアーナの器にしようという思惑を捨てていないのなら。

――いや、そんな馬鹿なことがあるはずがない。

アレクシス・フローゼンは息子のカイウス・フローゼンに討伐されて死んだ。

それがフローゼン家に伝わる歴史だ。

それでも。

まだアレクシスの意思がどこかに残っているのなら。それを引き継いでいるものがいたとしたら。

馬鹿馬鹿しい妄想だ。三百年も経っているのに。

それでも。

それでも、もしもそんなふうに利用されてしまうくらいなら、いま死んでしまった方がいいかもしれない。

死んだ人間は生き返らない。

しかし死にゆくものにとっては、それは救いにもなるのだと、いま実感する。

少しばかりの後悔はあるけれど。

(逃げた報いなのかしら)

話し合いをせずに、未来に逃げた報いがこの結末ならば。

あのとき無理やりにでも包囲を突破して、会って、きちんと向き合っていれば、何かが変わったのだろうか。

アレクシスが外に戦争を仕掛けることも、王国が滅びることも、悲しい人々が生まれることもなかったのだろうか。

いまとなればすべて幻想だ。

「ノア！」

よく通る声が荒れ地に響く。

王者の声だ。

ヴィクトルが駆けつけてくるのが気配でわかる。その顔が見えたとき、嬉しくなってしまった。

息が上がっている。どれだけ速く走ってきたのだろう。空を飛ぶ相手にこんなに速く追いついてくるなんて、身体能力はどうなっているのだろう。

ヴィクトルが、ノアが胸のポケットに入れた薬を取り出す。

——どんな病気も怪我も治す万能薬。

ノアの隣に膝をつき、小瓶の蓋《ふた》を開ける。

「これを飲め」

（だめ。その薬、もうつくれないの）

材料がもうこの世に存在しない。

万病を治す薬なんて奇跡は、それ自体が強い力を持つ希少素材でしかつくることができない。

そんなものをノアに使わなくてもいい。妹に使ってほしくて渡したのだから。

止めようと思っても、声が出ない。溢《あふ》れるのは血だけ。もう喋ることすらできない。

せめて口を閉じ、目を閉じ、拒絶の意志を示す。

「…………」

ヴィクトルは黙ったまま、ノアの上半身を両腕で抱え上げた。

唇に柔らかいものが触れたかと思うと、どろりとした液体が流れ込んでくる。

「――――！」

口移しで流れ込んでくるものを、思わず飲み込んでしまう。

それが体内に入った瞬間、身体が燃えるように熱くなった。

生命の力が溢れ、循環していく。

竜の力、精霊の力。

全身が焼け、痛みが生まれ、鈍痛となり。

鼓動が速まり、血が疾く巡る。

再生されていく。再びこの世界で生きていけるように。生きていけ、と言われているように。

涙が零《こぼ》れた。

「苦《にが》ぁあ……」

涙目を開くと、あの空のように青い瞳がすぐ近くにあった。

「そうだな。苦い」

安堵して気の抜けたような、どこか泣きそうな顔。

ヴィクトルはそのままノアを抱きしめた。存在を、命を確かめるように。

「すまなかった……」

すがるような指先から、深い後悔と懺悔《ざんげ》が伝わってきた気がした。

この抱擁《ほうよう》の意味はわからないけれど。

自分の命と相手の命がここにあることが、嬉しいと思った。

6　大空のキメラ

（えっと……）

いま何が起こっているのだろうか。思考が停止して理解が追いつかない。

抱きしめられている。何故？　どうして？

ただただ暖かい。人の体温とはこんなにも暖かいものなのだろうか。

手の指先から、足の爪先まで、ぽかぽかと暖かい。まるで生まれ変わったかのように。

――そうだ。生まれ変わったかのように、身体の傷が治っている。魂が活力に満ちている。いまなら空だって飛べそうなほど。

――いや、もう飛びたくはないけれど。

「私ってすごい！」

感動の声が口から零れる。

ヴィクトルの堪《こら》えるような笑い声が耳元で響いた。

「ちょ、ちょっと、離して」

もぞもぞ身体を動かしてヴィクトルの身体を両手で押すと、やっと離してくれた。

「変な人ね。こんな私を助けようとするなんて」

あんな方法で薬まで飲ませて。

出会って二日目の怪しい女に。

それでも、いまのノアは生きていることを嬉しいと思っている。

ヴィクトルが何かを言いかけた刹那、あの声が再び聞こえてきた。

エレノアールを呼ぶ声が、高い空から響く。

弾かれたように顔を上げると、城の方角からこちらに向かってくるキメラの姿が見えた。痛い目を見せたと思ったが、もう復活したらしい。

それもそのはず。呪素は生命力のある相手にはかき消されやすい。相手がよほど弱っていない限り、命を奪うには至らない。キメラでも人間でも。

ヴィクトルはノアを庇《かば》うようにして立った。

キメラはノアたちを警戒しながら空を旋回し、こちらの様子を窺《うかが》っている。

散々痛い目を見て学習したのだろうか。奇襲してこない滑空兵器など恐れるに足らずなのに。

「降りてこないなら、こちらから行くまでよ」

ノアは近くに刺さっている棒を引き抜いた。おそらく元は槍。

槍の穂先を修復し、全体の強度を上げる。薬の影響か、力が次々に湧いてくる。

そして最後に、刃の部分に呪素を込めた。

「ヴィクトル。これを、あいつに投げて。できたら胴体に！」

「承知した」

刃に注意しながら、全幅の信頼を寄せてヴィクトルに手渡す。

他力本願、上等。

かつて戦地だったであろうここには槍がたくさんあるから、もし外したとしても次が用意できる。

——力あるものが使えば、朽ちた槍も空を穿《うが》つ。

ヴィクトルは走り出し、ブレーキをかけると共に上半身を捻る。力と勢いの全てを槍に伝え、天空を射た。

放たれた槍は目でも追えない速度で風を切り、吸い込まれるようにキメラの胴体を突き破り、串刺しにした。

「お、おぉー……」

三百年後の人間怖い。

空を飛ぶための翼が力を失い、キメラの身体が落ちてくる。重い音と土埃。流れ出す血液が、地面に染み込んでいく。

ノアはキメラの元へ駆け寄った。

ヴィクトルが制止の声を上げるが――

「もう死んでいるわ。魂が完全に離れているもの」

身体を貫かれた衝撃と、落下の衝撃。そして槍に込めた呪素。

キメラは完全に絶命していた。

近くに寄ってその構造を見る。

知りたいことはいくつもあったが、重要なことは驚異的な回復力の正体だ。それは身体のつくりを見ればすぐに推測できた。

「心臓が七つもある」

おそらく混ぜた生命の数だけ。

七つの心臓が、獅子の身体に、鳥の頭部に、翼竜の翼に、蛇の尾に、それぞれ仕込まれている。この心臓たちがこの歪な生物を支え、異常な生命力を生み出していた。

###

赤い空が、夕暮れによって血に染めたように赤くなる。

駆けつけたニールとも合流して、ノアは三人が乗れる四本足のゴーレムをつくってその背に乗った。震動で落ちないようにきちんと座席も用意する。

「これは……だいじょうぶなのか」

「はい、旦那様。これが意外と快適なのです」

ヴィクトルが警戒しているうちに、ゴーレムの上に寝転ぶ。ローブをくるりと身体に巻いて。

「だぁいじょうぶ……さあゴーレムくん、アリオスへ行きましょう」

「呂律《ろれつ》が回っていないようだが」

「へいきへいきぃ。少し眠いだけ……力は有り余っているから、途中で燃料切れはしないわ。たぶん」

進み出したゴーレムの足取りは軽い。関節がいい働きをしているので意外と揺れないし震動もない。

ノアも移動用ゴーレムには自信がある。

(ゴーレムで運送業でもしようかな)

ゆらゆらと揺りかごのようにやさしく揺られながら考える。

ゴーレム運送。安心安全に荷物や人をお届け。需要はある気がする。

しかし一度に一体のゴーレムしか操れないノアには難しいかもしれない。

だんだんと眠気が押し寄せてくる。

あとはもう城郭都市アリオスに帰るだけだ。何かあったら同乗者に甘えることにして、ノアは睡魔に意識を委ねた。

###

黒い髪がふわふわと揺れている。

「まあ、生きて王都を出られるなんて。よっぽど悪運が強いのかしら?」

金の瞳が猫のように輝き、驚きの声が広く響く。

大きくて丸い瞳が、ノアを上から見下ろしていた。

夢か現か。高位精神体になったグロリアにはもうどちらでも関係ないのかもしれない。

（どうしてここにいるのよ……ここにはもう何もないじゃない）

滅びた王都を彷徨《さまよ》うよりも、他の地に行ったほうがグロリアも楽しいのではないか。

いつも、緞帳《どんちょう》の向こう側から舞台を見ていたような彼女だ。贔屓《ひいき》の役者もいないこの土地に何故いるのか。

「わたくしだってここにいたいわけじゃないわ。この地の魔素がわたくしを捕らえて離してくれないのよ」

悩まし気に身をよじる。

「これは陛下が生み出している魔素なのよ」

（アレクシスが……？）

「陛下はとってもすばらしい錬金術師になられたわ」

（錬金術師に……？）

「ええ。賢者の石だって完成させてしまわれるくらいに、優秀で、慈悲も心もない、すてきな錬金術師に」

賢者の石は錬金術師の最高到達点だ。ノアもいまだ近づく方法さえわからない。

（カイウスに倒されたのではないの……？）

グロリアは楽しそうにくすくすと笑う。

「自らの足で確かめに行きなさい。黒のエレノアール」

グロリアの姿が消える。

ああ、そうだ。グロリアはいつもこうだ。詳しく話してなどくれない。人の悩み足掻《あが》く姿を楽しそうに観賞する。高位精神体という在り方が、最も似合う錬金術師。

（グロリアの言うとおりね）

たとえ真実を話してもらえても、すべてを信じるなどできない。調べて、知って、行動を決断できるのは自分だけなのだから。

7　錬金術師は前を向く

城郭都市アリオスに戻ってきたころには、すでに夜になっていた。

門の手前でゴーレムから降り、ゴーレムを地面の下に還す。

侯爵家に入ると、玄関先で待っていたメイドのアニラが、ノアを見て満面の笑みを浮かべた。

「ノア様！　おかえりなさいませ」

「……ただいま」

慣れない言葉を聞いて、ノアはかなり間を空けてから答えた。

おかえり、なんて言われたのは久しぶりだ。

ひとりきりの家で自分にただいま、とは言っていたが。寂しい生活を送っていたことが突きつけられて地味にダメージを受ける。そしておかえり、という言葉がとてもあたたかく感じた。

「旦那様とニールさんもおかえりなさいませ」

「ああ。簡単な食事を頼めるか」

「はい!」

――主人への挨拶《あいさつ》が後回しでいいのだろうか。余計な心配をしてしまったが、ヴィクトルはまったく気にしていない様子だった。これがフローゼン侯爵家の普通なのだろうか。

軽い夕食を台所の方でいただいてから、アニラに案内されて昨日泊まらせてもらった部屋に入る。

「お着替えを用意していますので、どうぞ」

出されたのは寝室用の水色のドレスだ。

まったくの新品だった。もしかして、わざわざ用意してくれたのだろうか。

促されるままにローブを脱いだとき、アニラが悲鳴を上げた。

震える指で差された先を見れば、服の大部分が赤黒く染まっていた。

――忘れていた。

「ななな何があったんですかぁ! お医者様、お医者様を!」

「だいじょうぶ。傷は治ってるから」

急いで服を脱いで肌を見せる。もう傷痕《きずあと》すらどこにもない。古い切り傷も、大昔のやけどの痕すら消えている。

「ね？」

「うわぁ、本当です。やっぱりノア様は聖女様なんですね」

まだ新しい血に染まっている服と肌を交互に見て、感嘆の声を上げる。

「聖女ではない」

「いえ、どう見ても聖女様ですよ？」

聖女ではない。その言葉は嫌いだ。

でも。

聖女ということにしておいた方が、不思議な力で怪我や病気を治しても一応説明がつく。きっと分不相応な尊敬もされる。生きていくにはその方がかんたんだ。

(でもなんだかこう、認めたら負け的な)

ヴィクトルもニールも、錬金術を受け入れてくれた。ニールはとてもあっさりと、人体修復もゴーレムも受け入れてくれた。

だから思ってしまった。

錬金術という言葉がいまは忌み嫌われていても、ノアが正しく生きていれば、少しずつ受け入れられていくのでは、と。

侯爵令嬢だったころに出会った錬金術で、ノアは心を救われた。

研究をすること、人を治すこと、すべての時間が貴重で愛しいものになった。のめり込んでいくことで家族は離れてしまったけれど。

後悔はしていない。

（錬金術師が私だもの）

誇りをくれた奇跡の力を、自分が誇れなくてどうする。

「アニラ。私は錬金術師だから、自分の怪我を治せるの」

「錬金術師ですか？」

きょとんと目を丸くする。

「それってもしかして金がつくれるんですか？」

「つくれるけど、たとえば金ひと欠片《かけら》つくるのに、金がその三百倍必要になるくらい効率が悪いの」

「なんですかそれ」

首を傾げる。

確かに奇妙な話だと思う。理屈があっていない。だから、錬金術では研究目的や腕試し以外で黄金はつくらない。

「でも、金よりも大切なものをたくさん生み出せるのが錬金術よ。私はそう信じている」

黄金は黄金でしかない。

しかし人の命を救うことや、生きるための技術を発展させることは、黄金以上の価値があるとノアは信じている。

「怪我が治せるのでしたら、もしかしてベルナデッタお嬢様のことも治せるのでしょうか」

奇跡を願う眼差しが、まっすぐに向けられる。

ノアは静かに首を横に振った。

「残念だけれど、それはいまの私には無理なの。でも、錬金術や医療が発展していけば、いつか治せなかった病気も治せる日がくるかもしれない」

アニラは残念そうに肩を落とす。

「そうですかぁ……いつかそんな日がくるといいですね」

前向きな明るい笑顔がノアの心を揺り動かした。そして決めた。錬金術師として生きていこうと。

「それで、どうしてこんな大怪我を？」

「……高いところから落ちて」

「本当にもうどこも痛くないのでしょうか」

「痛くないわ。身体を拭きたいから、水とタオルを貸してもらえる？」

「お風呂の方がいいですよきっと。いま準備しますね」

###

すっかり夜も更《ふ》け、街も寝静まったころ。

ノアは寝室用のドレスにガウンを羽織り、屋敷の中をふらふらと歩き回っていた。一応屋敷の中は自由にしていいと言われている。

徘徊癖《はいかいへき》があるわけではない。歩いている方が考え事がよく進む。

それにしても、侯爵家の中は今日も人の気配がない。やはり使用人はごく少数なのだろう。生活はそれで回るのだろうが、掃除は大変そうだなと思った。

（こういうのを見ると、ハルに相談したくなるなぁ）

国家錬金術師を目指して全自動ハタキがけゴーレムや全自動床拭きゴーレムを製作していたゴーレム使いの同僚を思い出す。果たして彼は夢を叶えることができたのだろうか。

自律型の小型ゴーレムは王城から庶民まで確実に需要があると言っていたが、いまなら何となくわかる。

（それにしても、お風呂やっぱり最高だったなぁ）

大きな浴場、広い湯舟、上質の温泉を思い出して頬が緩む。

あれはとても良いものだ。三百年前はあんな素敵なものはなかった。地中から湧き出してきたというあたたかい水は滑《なめ》らかで、肌がつやつやになる。

聞けば街の中にも温泉を利用した浴場施設がいくつもあるらしい。

三百年前と比べると、廃れてしまった技術もあるが、新しく素晴らしい技術や文化もたくさん生まれている。

（やっぱり新しいものはいい！　もっと多くの人を治すためには、もっと知識を増やして、たくさん実験をして、技術を高めていかないとならない……そのためには、最新の知識を学ぶのが近道よね）

しかしこの場所では錬金術の遺跡はあれど、最新の情報は望めない気がする。

帝国の中心部なら、また錬金術の状況も違うのだろうか。倫理観の持ち方によっては容易に禁忌に足を踏み入れる危険な学問だが、利用価値は高いと思う。

価値があるのなら需要が高まり、発展していくのではないかと思う。

（やっぱり帝国の首都の方にも行ってみないといけない）

ヴィクトルは帝国貴族だ。しかも侯爵という高い地位。帝都に行く機会も多いだろう。

（機会があったら連れて行ってもらおうかしら）

――いや、面倒ごとに巻き込まれたり、逆に巻き込んでしまうかもしれない。行くなら一人で行くべきだ。それでなくてもヴィクトルとは近づきすぎている。

（薬の飲ませ方はともかく）

あの後の抱擁はなんだったのか。思い出すだけで顔が熱くなる。

激しく首を横に振る。

余計なことは考えない。いま考えるべきは、滅びた王都のアレクシスのことだ。

彼との決着をつけなければ、ノアは前に進めない。

とにかく情報が必要だ。文献と現地調査。いまできることはこのふたつ。

「どうかしたのか」

「ひえっ！」

いきなり前方から声をかけられ、驚きすぎて変な声が出る。

廊下の先にいつからかヴィクトルが立っていた。

こんな静かな夜なのに、まったく気配が感じられなかった。

ゆったりとした服装は、ノアと同じく寝室用のものだろう。もしかして足音を聞いて様子を見にきたのだろうか。物音はほとんど立てていないはずなのに。

「散歩です」

できるだけ平静を装って答える。怪しく見えるかもしれないが本当にただの散歩である。

「そうか。眠れないのなら、一杯付き合ってくれないか」

声はとてもやさしいのに、胸がざわついてしまうのは警戒心からか。

それでも、断る発想は生まれなかった。

8　甘い蜂蜜酒

どうしてこんなことに。

ヴィクトルの書斎でふたりきりで飲むことになり、自問する。断るつもりはなかったが、実現するとおかしな状況だ。

昔から人間関係の距離感がうまく掴めないでいるとは言え、いまや本当に誰にも頼れない状態になってしまったから、自分のことは自分でなんとかしないとならない。

(私とヴィクトルの関係とは？)

ソファに座り、ノアに酒を用意してくれているヴィクトルを眺めながら、真面目に考えてみる。

ノアはヴィクトルの部下でも領民でも、ましてや帝国人でもない。遠い親戚と考えるには遠すぎる。

一番近いのは、錬金術という商品を売る商人と、その顧客候補の貴族になるのだろうか。お互いを利用し合う関係、それでいいのでは？

それならばわかる。

礼は尽くさなくてはならないと。

名前を呼び捨てにしたり、遠慮のない扱いをしてはいけない。そもそも彼の方がおそらく実年齢は上。年上男性に対する礼儀で振る舞えばいい。

透明で安定感のあるグラスが前のテーブルに置かれた。注がれているのは琥珀色《こはくいろ》の液体。

「おいしい」

蜂蜜酒だ。

アルコールの濃度は薄め。口当たりがやわらかく、軽いのにコクがあって、ほのかに甘い。いくらでも飲めそうなほどに。

それがゆっくりと緊張を解きほぐしてくれていく。

蜂蜜酒を飲み進めながら、正面に座るヴィクトルを見つめた。

「ふたつ、質問をしてもいいですか」

「ああ」

「どうして私にあの薬を使ったのですか？」

ヴィクトルに渡した万能薬は本当に貴重なものだった。ノアはあれをつくれたから国家錬金術師として認められたのだ。

材料は竜の血と精霊姫の涙。国宝級の貴重な素材だ。完成したのは二回分だけ。一本は国に提出し、一本は自分のものにした。

きっともう二度とつくれない。

「そうしなければならないと思ったからだ」

迷いなく答える。

「元の持ち主はあなただからな」

「あれはヴィクトル様に差し上げたものでした」

「あのときは他に何も考えられなかった」

確かにあの状況で、何もせずにノアを見捨てるような人ではない。立場が逆だったとして、目の前に死にかけている人がいて、助けられるかもしれない手段を持っていたら、迷いもせずに使うだろう。

痛む。

罪悪感で心が痛む。

(私の浅はかな行動が、貴重な薬を失わせた……)

おとなしく城に運ばれてから反撃していれば。もしそうしていればどうなったかなんて、誰にもわからないのだけれど。

おそらく燃料切れはどこかで起こっただろうが、あそこで落下死寸前になっていなければ、薬は失われなかったかもしれない。

後悔してもどうにもならない。時間は戻らないし、薬は二度とつくれない。

蜂蜜酒のゆらめきを眺める。琥珀色の酒は燭台の光を受けて、本物の金のように輝いていた。

「……時間がないとはどういうことですか」

王都で、なぜこんな無茶をしたのかと聞いたときの返答。これもずっと気になっていた。

「ふむ……」

ヴィクトルは逡巡《しゅんじゅん》しているかのように黙る。

沈黙は長くはなかった。自嘲的な笑みを零し、酒を一口飲み込む。どこか苦そうに。

「私の身体は病魔に侵されていて、もう長くないと言われている」

「あ、それ治してます」

「……なに？」

「最初に怪我を治したときにサービスで。だから大丈夫。おじいさんになるまで生きられます、たぶん」

普段は人体修復をしてもそこまでしないのだが、あのときは勢いに任せて。かなり死にかけていたので奥の方まで意識を巡らせたこともあって、追加の治療がしやすかった。

だからついつい全部治してしまった。

ヴィクトルは頭を抱える。

「道理で、やけに身体が軽いと……」

「それは良かった」

ちゃんと治療の効果が出ている。これ以上の喜びはない。

「……どうやってこの恩を返せばいいのか」

「もう返していただいています。これからも元気に生きていてくれれば充分です」

「それでは釣り合わない」

「大丈夫です。ちゃんと釣り合いは取れています。私は、人を治すことが好きなんです」

時間がないと思っていたから、死ぬ前に不死の霊薬を手に入れようとして、単独で王都に行ったのだろう。

おそらく病気のことは伏せていたから、誰にも言わずに。

重い病気に罹《かか》っていることがわかっていたのなら、ノアに自分のことを治すように言わなかったのも、信用していなかったか、弱みを握らせないようにしたのかもしれない。

慎重なのはいいことだけれど。

（ひとりで抱え込むタイプ）

ヴィクトルはきっと、なんでもできるし、民の期待にも応えられる。立派な領主で貴族で英雄で。

鋼のような精神で己を律している。

器用に見えて、本当はとても不器用なのかもしれない。

聞きたいことは、これで二つ。

本当はもうひとつだけ聞きたいことがある。

どうしてノアに謝ったのか。

万能薬を飲ませた後に、なぜ。

(たぶん聞かない方がいい)

ヴィクトルの感情はヴィクトルだけのものだ。暴くような無粋をするべきではない。

「ヴィクトル様は、私に聞きたいことはないのですか」

「そうだな……なぜ誰にも言わずにここを出ていったのか、教えてもらっても構わないだろうか」

「うっ」

喉が詰まる。まさかそこを突かれるとは。

居心地の悪さを蜂蜜酒で飲み下す。

「私、引きこもり気質なので。一人になりたかったんです」

「そうは見えないが」

「いちおう大昔に王妃教育は受けましたので。全部台無しになりましたけど」

礼儀作法に社交術は勉強した。婚約破棄になってすべて無駄になり、反動も大きかったが。

（あっ）

余計なことを口にしたことに気づく。こんなことを言えばアレクシス・フローゼンとの因縁《いんねん》が浅からぬものだと教えるようなものなのに。

「忘れてください」

ヴィクトルは驚く様子もなく苦笑している。

「ならば、もう二度と黙っていなくならないと約束してもらいたい」

「……はい」

己の浅はかさが嫌になる。でも確かにあれは礼儀を欠く行為だった。

あのときはいっぱいいっぱいで、逃げて帰って安心できる居場所を、自分の家をつくることしか考えていなかった。

置いていかれた人たちの気持ちを考えていなかった。

（幼稚すぎる）

苦い気持ちを蜂蜜酒で飲み下す。

「ところで、もう呼び捨てにしてはくれないのか」

吹き出しそうになった。

いったい何を言い出すのか？

もしかしてこれが二つ目の質問？

「あれはその、緊急事態下の興奮状態での勢いというか――」

「あんなふうに呼ばれるのも、怒られるのも新鮮だった」

嬉しそうに何を言っているのかこの男は？

適切な距離感とは？

それでも、なんとなく、酔ってしまったから。

甘い蜂蜜酒に酔ってしまったから。

「……ヴィクトル」

つい応えてしまった。

ヴィクトルは一瞬だけ驚いたような顔をして、深い笑みを浮かべた。

その姿が可愛いと思ってしまったのも、きっと酔ってしまったからだろう。

うつらうつらと、意識が朦朧《もうろう》としてくる。酔いが眠気を呼んだのか。頭の奥がぼうっとして、思考がまとまらない。

「部屋まで送ろう」

「うん……」

まだ蜂蜜酒が残っているグラスを置いて、立ち上がる。

書斎を出て廊下を歩いていても、いまいち地に足がつかない。地面がやわらかく揺れているようだ。

「失礼」

軽く抱き上げられ、ヴィクトルに運ばれる。ふわふわとした感覚は、まるで空を飛んでいるみたいだ。

――空を飛ぶ？

――落ちる？

怖くなって近くにあったものに無我夢中でしがみつく。

動きが止まって浮遊感が薄くなって、安堵した。

「安心してくれ。落としたりはしない」

「絶対？」

「ああ、絶対だ」

絶対なら安心だ。しがみついていた力を緩め、身体を委ねる。また、ふわふわとした感覚に包み込まれるが、今度は怖くなかった。

部屋に戻り、ベッドに横たえられる。

「ありがとう……ねえ、どうしてやさしくしてくれるの」

寝ころんだまま、すぐ近くにあるヴィクトルの顔を見つめる。

「あなたには三度命を救われた」

「そんなに？」

初対面のときの一回と、病気を治したことと。あと一回はいつだろう。

ヴィクトルは返事の代わりに笑いながら、ノアにシーツと毛布をかけてくれる。

「あなたのことを生涯守ると誓おう」

「重い」

本音が口から飛び出す。

「そんなの、お互いさまでしょう？」

貸しとか借りとか、そんなものいちいち数えていられない。借りたものは覚えていても、貸したものはそんな自覚もない。

眼の前に死にかけている人がいるから助ける。困っている人がいるから助ける。当たり前のことだ。

大きな子どもの頭を撫でる。

大丈夫、と心を込めて。

「おやすみなさい、ヴィクトル」

第三章　古の錬金術師

1　侯爵様との契約交渉

目が覚める。

瞼を開くと、朝の光がカーテン越しに部屋を照らしていた。

軽い頭痛と気《け》だるい身体を抱えて起き上がる。

これは二日酔い？　あんな薄い蜂蜜酒で？

「身体に合わないのかな……」

掠《かす》れかけた声で呟きながらベッドから降り、部屋に置かれている水差しで水をコップに入れて、ゆっくりと飲む。

「昨夜……ヴィクトルと飲んだような……」

水が染み渡っていくのと反対に、だんだんと血の気が引いていく。昨夜のことは薄っすらとしか覚えていない。夜中に屋敷内の散歩に出て、ヴィクトルと話をして、その後のことが記憶にない。

覚えているのは、彼が病気を患《わずら》っていて、それはもうノアがとっくに治していたことくらいだ。

「よし、忘れよう」

忘れてしまったことは仕方がない。忘れたことを忘れ、昨夜のことはなかったことにする。

窓際に行きカーテンを開け、空の赤さに胸が詰まる。

そろそろ少しくらい慣れてもよさそうなのだが、どうしても慣れない。

今日も世界はそこにある。

何かの間違いで三百年前に戻っていたりなどしない。

控えめなノックと、可愛らしい声。

「おはようございます。ノア様」

「どうぞ」

アニラは落ち着いた茶色のドレスを持って入ってきた。

「旦那様が朝食をぜひご一緒にと。今日はこちらのお召し物をどうぞ」

食堂にはヴィクトルが座っていて、茶ではない、湯気の立つ温《あたた》かい飲料を読みながら、文字が刻まれた紙の巻物らしきもの——後日それは新聞と呼ばれているものだと知る——を読んでいた。

「おはようございます。ヴィクトル様」

ドレスの裾を持ち上げ挨拶をする。

決して表には出していないが、何となくわかった。彼はがっかりしていた。

(ん？　ん〜〜？)

おぼろげな記憶を引っ張りだす。覚えていないこと、思い出したくないこと、たくさんあったが、確か何かを要求されていたような。

「ヴィクトル」

咄嗟《とっさ》に、慎重に、呼び直してみる。

恥ずかしい、というより胃のあたりがむずむずする。

「ああ。おはよう、ノア」

決して態度には出ていないが、何となくわかった。彼は機嫌がよくなった。


食堂でのふたりきりの食事も、かなり慣れてきた。

今朝のスープは白いポタージュ。甘さと塩気が身体に染みる。ベーコンエッグもふわふわの焼き立てパンもどれもおいしくておいしくて、会話を忘れて夢中で食べてしまう。

食事を終え、口元をナプキンで拭いてからノアは話を切り出した。

「ヴィクトル。私、王都の調査をしに行こうと思っているの」

前回はほとんど通り過ぎただけだ。急いでいたので準備もままならなかった。

自分が納得いくまで調べたい。

死の間際に感じたアレクシスの気配の正体が知りたい。

「調査結果は全部報告するので、援助をしてほしい」

交渉相手になんて口の利き方だろう。

格式ばった話し方のほうがよっぽど気が楽だが、ヴィクトルはたぶん、ノアにはこういう態度の方を求めている。

おかげで表情は強張るし、肩に力が入り、膝の上に置いた手は無意識に震えている。

アニラがあたたかい飲み物を持ってくる。

白いテーブルクロスの上に置かれたのは、黒い液体だった。深くて濃い、苦味のある香りに包み込まれる。

これはいったいなんだろう。

「どうぞ、コーヒーです」

「コーヒー?」

初めて出会うものに戸惑いながらも、深くまで染み透るような香りに惹《ひ》かれて飲んでみる。

熱い。そして、苦いような甘いような。

(この甘さは砂糖? すごい高級品では?)

この一杯にかなりの量の砂糖が入っている。くらくらするような贅沢だ。

もしかして砂糖の価値は大幅に下がったのだろうか。

ヴィクトルも二杯目のコーヒーを優雅に飲む。

「続きは書斎で話そう」


書斎に移動し、ノアは昨日と同じソファに座る。

ヴィクトルは部屋の奥にある執務用の大きな机の横に立ち、体重を預けた姿勢で話し始めた。

「旧王都の調査はこちらも進めなければならないと思っていた」

「そうだったの？」

「ああ。現在確認できている危険種も排除できた。これからは順次整備していきたい。放置して賊に取られるわけにもいかないからな」

確かに流れものや賊が拠点にするにはうってつけの場所だ。広く、隠れる場所も多く、雨風もしのぎやすい。

前回足を踏み入れたときはそんな気配がなかったのは、いままでは怪物が闊歩《かっぽ》していたからだろう。

最近荒らされたような跡はなく、古い戦争の痕跡しかなかった。

（結果的にキメラがあの場所を守っていたのね）

「あなたには先遣を頼みたい。金と人、あとは私の印章を用意しよう」

「後ろ盾になってくれるの？　嬉しいけれどトラブルがあったときに累《るい》が及ぶかもしれないわ」

ヴィクトルは目元だけで笑う。

――そうだ。彼はそんなものを恐れる男ではない。むしろ楽しみにしているかのような表情だ。

「いくらでも私を使うといい」

（後が怖い）

ともあれ手数は多いほうがいい。フローゼン侯爵に頼るのは最終手段として持っておく。

「一応確認なんだけれど、あの王都もフローゼンの領地よね」

城郭都市アリオスはフローゼン侯爵の領地だが、王都が飛び地で誰かの、もしくは帝国の直轄地になっている可能性も否《いな》めない。

「ああ。あんな場所を欲しがる貴族はいない」

あんな場所。

「失礼した。あなたの生まれ育った地だったな」

「あっ、いえ。気にしないで」

謝られて初めて少し傷ついていたことに気づく。姿かたちが変わってしまってもやはり、王都は思い入れ深い場所だった。

「油断なきように。不吉な赤い空に、裏切りものの末裔《まつえい》が治める地だが、どんなものでも利用価値を見出すものは存在する」

ヴィクトルは机から革袋を取り出し、ノアの前の机に置いた。袋の中から金属がぶつかる高い音がした。

ずっしりと重みのあるそれを持ち上げ、中を見る。

銀貨だ。

「これは錬金獣討伐に対する正当な報酬だ」

帝国が発行したのであろう銀貨を見て、この国この時代の通貨を持っていないことに気づいた。

「ありがとう。活用させてもらいます」

礼を言ってしっかりと受け取る。

キメラと戦ったのは成り行きとはいえ、成果に対する正当な報酬なら、受け取らない理由がない。

「あ、そうだ。ヴィクトル、私の持っている金貨って換金できる？」

「旧王国の金貨か？」

「うん、大金貨で――」

「待て」

枚数を言おうとするとヴィクトルに止められる。

「それは聞かないことにする。あなたも軽々しく己の資産を言わない方がいい」

「あ、それもそうね……。ありがとう」

「換金は少しずつなら受けよう。必要になったら言ってくれ」

もし換金できなくても、手持ちの金貨を現在流通している帝国金貨に姿を変えることはできる。新しく金をつくるのは割に合わなくても、表面の形状を変えるだけなら簡単なことだ。

他の金属の割合を増やして、変化した分の重さを調整して、枚数を増やす、ということも方法としては可能である。

王国時代は貨幣に手を加えるのは重罪中の重罪で、偽造通貨を調べる方法も確立していたのでまともな錬金術師は誰も行わなかったが。

「契約金はまた後で渡す。それとは別に、調査の都度支援しよう」

(契約事はよくわからないけれど……)

好待遇すぎないだろうか。

それだけ認めてもらえているということなら嬉しいけれど。

なんとなく、庇護《ひご》対象になっている気もする。

「契約書を作成しておくので、後でサインを。人の手配も少しだけ時間がかかる。明日まで待ってくれるか」

「うん。その間に準備しておくわ」

書斎から出て、廊下を歩く。

ともあれ、これで侯爵家雇われの錬金術師という立場だ。必要な調査が終わるまでとはいえ、できるだけ問題は起こさないように気をつけておかないと。

（まずは服）

いままで着ていた服は血まみれな上に損傷がひどい。もちろん修復もできるが、心機一転するのも悪くない。この時代に合った動きやすい服を新調しよう。

革袋を握りしめる。

（お買い物……わくわくする響きかも！）

2　錬金術師の服選び

「ノア様～、お待たせしました」

玄関ホールで待っていると、アニラが奥から走ってやってくる。いつものメイド服ではなく、黄色のワンピース姿で。

服を新調するにあたって、アニラに街の案内を頼むと、二つ返事で受けてくれた。

玄関ホールで待ち合わせをして、ふたりで外に出る。

侯爵邸の本館の一部は役場でもあるようで、時折、街の人々が行き来する。そちらの邪魔をしないように気をつけながら。

「どのような服を探すんですか？」

「頑丈な服」

「がんじょう……？」

アニラの表情が強張る。

「動きやすくて、邪魔にならなくて、燃えにくくて」

屋敷と門を繋ぐ石畳の道を歩きながら、理想の服を考える。

「ノア様、もっとその、ブランドとかデザイナーとか、色とか系統とかの、好みやご希望は」

「ブランド……？」

服にブランド？　それはいったいなんだろう。

人気のある服飾デザイナーは昔にもいたが、貴族のドレスが専門だった。人気のあるデザイナーに夜会用のドレスをつくってもらうのが、ステータスになっていた。

ノアが求めているような、外で活動したり野営するための装備のデザインにはおそらく関わってもいないだろう。

昔ならそういうドレスもつくっておかなければならなかったが、いまは一着も必要ない。いま求めているのは実用性だ。

華やかなばかりのワンピースやドレスではない。だが、アニラはそう思っているのかもしれない。

認識の齟齬《そご》。

それでもアニラの言う「好み」を考えてみようとしたが、思いつかない。

令嬢時代は誰かが用意してくれたものを着ていたし、錬金術師になってからはとにかく実用性重視だ。登城する用事も定期的にあったが、黒のローブを羽織れば問題なかったのであまり悩むこともなかった。

白のグロリアは自分の美容品ブランドをつくっていたようだが。

「アリオスはちょっと辺境みたいですが、品揃えの豊富さはちょっとしたものなのですよ。って、商隊の方から聞きました」

「なるほど」

領主が商売の優遇策を取っているのだろう。

ノアは王都とアリオスを結ぶ道しか知らないが、都へと続く街道の整備と警護も行っていると思われる。

流通は大切だ。物が動き、経済が回らないと国の血流が止まる。

「なのでご希望のものそのものはなくても、近いものなら取り揃えられると思います」

ならば、ノアが求めているような女性向けの実用的な装備も手に入るだろうか。もし機能的に足りない部分はあとで手を加えてもいい。

とりあえず、いま求められている「好みや希望」をもう一度考えてみる。

「色は黒で」

汚れが目立たないので。

「森とか歩き回ったり野宿するので、それに向いた服がいいかな」

ノアの注文はアニラの頭を悩ませたらしい。

長い耳をまっすぐに立て、首を傾げてしばらく唸る。

「わかりました！　このあたしにお任せください！」

いいアイデアが思いついたのか、胸を張って高らかに宣言した。


アリオス中の服屋を何軒も回り終わったころには、すでに昼は過ぎ、午後のお茶の時間になっていた。

買い物が終わった後の喫茶店で紅茶と蜂蜜ケーキをいただく。

「とってもお似合いです。品の良さと可愛らしさと堅さが合わさって、なんだか最強です！」

「ありがとう」

アニラの本心からの絶賛に、微笑む。

白いシャツと黒の厚手のベストとスカート、腰には道具を吊り下げられるように丈夫なベルトを巻き、いつものポーチをそこに取りつけた。

足は膝上までのブーツを履き、膝を地面に突いてもいいようにプロテクターを。

首に防御用に赤のタイを巻いて、コートは男物の一番小さいサイズの黒のものを。

特にコートは気に入っている。帝都の軍服用の素材が使われており、丈夫で軽い。自分のサイズに合わせてつくってほしいくらいだ。

理想よりもほんの少し防御面が弱い気もするが、その辺りは追々《おいおい》改良していけばいい。買い物中に消耗品や日用雑貨も購入できた。

たくさんの店を見て回ったが、やはり錬金術の技術が活《い》かされているようなものはなかったのが残念に思った。

そして気になることがもう一つ。

何故か店員や他の客にやけに気を使われた気がした。

この街に最初に入ってきたときの三百年前の服装なら、不思議に思われてもわからなくはないが。

いまはちゃんとこの時代に馴染んだ服装のはずだ。

何か理由があるのかと考えていると、誰かのひそひそ話が聞こえてきた。

「あれ？　あのアニラちゃんと一緒にいる金髪赤眼の女性って」

「もしかして、侯爵様に跪かせた――」

「ば、ばか静かに。怒らせたらきっと大変なことになるぞ」

（思いっきり話が広がっている……）

そして恐れられている。この分だときっともう住人全員知っていそうだ。

アニラを見ると、長い耳をぴんと立てて強張った笑顔を浮かべていた。聞こえていないわけがない。

ノアも聞こえていないことにする。

「ねえアニラ。帰りに診療所へ案内してもらってもいいかしら」

「もちろんです。このあたりだと三か所診療所がありますが」

「全部」

「え？」

「とりあえず今日は、その三か所を全部で」

ノアの専門は人体修復だ。

王都でもよく研究や技術向上のため、病院や診療所を回っていた。貴族から直接依頼を受けることもあった。ノアが治療するのは手遅れ寸前の重傷者がほとんどだったが。

自分ですべて治していれば医者は育たない。医療は発展しない。

軽傷者は断っていたため、「庶民は診ないのか」とか「しょせんお貴族様の遊び」とか言われたこともあったが。そんな言葉も王城で囁かれていた陰口と比べれば可愛いものだった。

アリオスは元が戦争用の拠点だったからか、医療施設の設備は整っていた。

とにかくどこも清潔。そして広く、空きベッド数にも余裕がある。これは有事の際、怪我人が増えた場合でも問題なく入院させられるようにだろう。

ノアがなにより驚いたのは、無料で医療が受けられる診療所があることだ。利用には条件があったが、貧しい人々でも入院ができるという。

「アリオスって良い街ね」

心からそう思いながら、夕暮れの街を侯爵邸に向かって歩く。

さっきまでヘトヘトだったアニラが、目を輝かせて胸を張った。

「もちろんです！　ヴィクトル様とベルナデッタお嬢様のご兄妹のおかげで、アリオスはとーっても素晴らしい街になったんです」

(とても慕われているのね)

改めて思う。

ノアはこの街の以前の姿を知らないが、領主のおかげで目覚ましい発展を遂げたのだろう。伝え聞こえてくる政策と、己の目で見た街の姿が、確信をもたらす。

できればこれから先の発展も見ていきたいと、赤く染まる街を見ながら思った。

3　暗殺者とダンスを

翌日。

ノアは侯爵邸で契約の手続き諸々《もろもろ》を完了させたのち、王都側に近い門のところで協力者を待った。

ここで合流という話だったが、少し待っていても誰も来ない。門の人通りを観察していても本当に誰も来ない。門番の兵士は「この門はほとんど誰にも使われないんだ」と笑って言っていた。最近でここを使ったのは侯爵様くらいだと。

ほとんどのものは帝都に続く街道と繋がる東門か、南門を出て森と大地の恵みが豊かな地へ働きに行くらしい。

確かにこの西門の外は整備されていない森ばかり。その先にあるのは滅びた王都くらいだ。

そういえば昨日アニラと買い物に行ったのも街の東側だった。人の通りが多いほうほど商売は栄える。

親切に教えてくれる兵士の話を聞いていると、ヴィクトルが西門へとやってきた。

兵士にねぎらいの声をかけるその姿は朝の装いとは違っていた。騎士の礼服から装飾をすべて外し、代わりに目立たない位置に防具を増やしたような姿。少し気崩した姿が、厳格さを和《やわ》らげている。

誰かを連れてきたのかと思ったが、どうやらひとりのようだ。

腰には剣。他にも隠しているが小型のナイフが数本。

胸の奥がざわついた。

嫌な予感しかしない。

「待たせたな。では行こうか」

「待って。人手を貸してくれるという話は？」

「いるではないか、ここに」

当たり前のように言う。

ノアは立ちくらみで倒れそうになるのをなんとか耐えて、目の前の男に詰め寄った。

「あなた領主でしょ？　領主よね？」

「代役に任せてきた」

「任せてきた、じゃない！　あなたにもし何かあったらどうするのよ。どう責任取ればいいの」

「私がいなくなったくらいで機能不全には陥らない。そんな組織にはしていない」

「いやいや。私にだってわかるわよ。ヴィクトルがこの街の中心だってことくらい」

実務の面でも、精神的支柱としても。

「あなたを連れていくぐらいならひとりで行きます」

「それは契約違反だ」

「えっ？」

「契約書にも記していた。調査の際は私が選出したものを一人以上同行させること」

（この、男……！）

まさかの計画的犯行。

まさか自分自身が同行するためにその条件を利用するなんて考えもつかなかった。

いつも王都に同行しているという従者はどうしたのか。

ニールがいたら説得に加わってくれるかもしれない。それが無理でもノアの負担は減る。

「……ニールさんは？」

「私だけでは不安か」

「いや、そういうわけじゃないけれど」

一縷《いちる》の望みをかけての質問は、話の方向をずらされて終わった。とにかくニールは来ないと思っていい。

なんだろう、この気持ち。

そうだ。狩られる獲物の気持ちだ。

追い込まれ、罠にかけられ、トドメを刺されるような。

あと、なんだか殴りたいような。

一度深く息をして、空を仰ぐ。今日も変わらず赤い。

「わかりました。けれどここからは私がリーダーです。勝手な行動は慎んでください」

「もちろん了解している。好きに使ってくれ」

ノアに向けて頭を下げ、格式張った礼をする。

また変な噂《うわさ》が立ちかねないのでやめてほしい。


立派な門から外に出て、王都の方面へ向かう。

今回は移動用ゴーレムをつくらずに、歩いて。理由は二つ。前回のように王都内で導力切れになるのを防ぐため。もうひとつはヴィクトルがそれを望んだから。

「ねえヴィクトル。釣りが好きなの?」

「狩りは好きだな。今度一緒に行かないか?」

「釣れていますよ」

「三匹か」

前を向いて歩いたまま、ノアの想定していた以上の数を言う。

ずっと前から気づいていたのだろう。きっと相手も門を出てくるところからこちらを見ていた。

「中で暴れられると面倒だ。外で処理をしてしまいたい」

天気の話でもするような気軽さ。かなり慣れていることが窺える。

有能であればあるほど。

脅威になりえると思われれば思われるほど。

差し向けられる暗殺者の数は増えるのだろう。

ヴィクトルの判断に異論はない。

だが進んで賛同もできない。また誰かの死を見ることは確実だから。

(嫌な思い出が)

初対面で殺されかけたので動けないように拘束したら、目の前で自死された思い出が浮上してくる。

忘れたいが、忘れてはいけない思い出。

「大元を叩いたら?」

「証拠がない。組織の実態もまだ掴めていない」

ヴィクトルがノアの手を軽く引く。

さっきまでノアの頭があった場所を矢が抜けていき、木の幹に刺さる。

ヴィクトルがノアを抱きしめたまま剣を抜く。甲高い音がして、払い落とされたナイフが地面に落ちた。

ヴィクトルは懐に手を入れ、取り出しざまに後ろへ投げる。

どさっ、と。軌跡の先で何か大きなものが木の上から落ちる音がした。猫のような尾のある小柄な人間。

もう死んでいる。

あとふたり。

梢《こずえ》が揺れる。

音もなく。

二つの影が別々の場所に下りてくる。

二人、まったく同時に。別々の場所から。かろうじて目で追えるほどの速度で。

命を獲《と》るため駆けてくる。

ノアは判断に迷ってしまった。

身動きできないように関節を石で固めても、服毒死される。一番は気絶させて仕込んでいる毒を取り除くことだ。けれど。

（そんな余裕、ない！）

ヴィクトルを死なせたりはしない。

手加減する余裕も技量もない。

歯を食いしばる。

足から地面に導力を伝えようとしたとき。

「何もするな」

命令され、軽く後ろに突き飛ばされる。よろめいた体勢を立て直したときには、すべてが終わっていた。

剣の閃《ひらめき》は一度に見えた。

一振りでふたりの首が裂かれる。

何もかも一瞬の出来事だった。

即死に近い。いますぐ治療を施しても助けられはしない。ノアの錬金術はそこまで万能ではない。

目の前の光景から目をそらす。――見ていられない。

「あなたの崇高な魂を尊敬している。私自身何度も救われた」

「なに、いきなり」

「彼らを救おうとするのはやめておいた方がいい」

胸中を完璧に言い当てられ、どきりとする。

血のにおいが、死のにおいが鼻につく。

「心配しなくてもそんな余裕なかったわ」

「余裕があってもだ」

ヴィクトルは剣の血を拭き、鞘に納めた。

「この者たちの、一度自決に向いた意志は止めることができない。毒を奪っても、拘束をしても、わずかな隙を突いてこちらか自分の命を消そうとする」

「そんな」

どうしてそこまでするのか。敵わないなら命乞《いのちご》いをしたっていいはずなのに。

「そういう洗脳をされている」

暗殺というものが商売で。

暗殺者というものが商品なら。

失敗したとき、決して裏切らず、決して情報を漏らさないように仕立てる必要がある。でなければあっさりと雇い主も潰されて終わるだろう。

だから、そう洗脳する。

「ひどい……」

こんな悪意が存在することがおぞましい。

命を駒や道具としか思っていない人間に、しかも自分は安全な場所で成果だけを待つ悪に、怒りが湧いてくる。

「いずれ潰す」

ヴィクトルは静かに怒っていた。

暗殺者組織というものにも、それを利用する人間にも。

激しい怒りが、冷たい炎のように燃えていた。

ヴィクトルが英雄と呼ばれるようになった理由が、少しだけ見えた気がした。

4　旧王都調査

ノアは埋葬を終わらせると、移動用ゴーレムを作成した。今回は人型。基本的に人型の方が慣れているのでつくりやすい。

「もう隠さなくてもいいでしょう？」

ヴィクトルが徒歩での移動を希望したのはおそらく暗殺者に錬金術の存在を知られたくなかったからだ。暗殺者自身よりもその背後に。手持ちの札はできるだけ伏せておくに限る。

ならばもう使ってもいいはずだ。

そもそも今回のリーダーはノアである。

答えを待たずにゴーレムの左肩に乗る。石のゴーレムはいつもあたたかくノアを迎えてくれる。

「どうぞ」

ゴーレムの右肩に座るように促す。

いちおう、利き手側の右が自由になった方がいいだろうという配慮だ。

ヴィクトルはすぐには動かなかった。

めずらしく、呆気《あっけ》に取られたようにノアを見上げている。

なんだかおかしくなって笑ってしまった。

手を差し伸べる。手助けは必要ないだろうけれど、なんとなくそうしたくなって。

ヴィクトルはとても困った顔で、その手を握り返してくれた。


「あなたみたいな強い人が、どうして殺されかけてたの」

ゴーレムの肩の上で流れる風を受けながら、疑問を素直に聞いてみる。

初めて出会ったとき、ヴィクトルは大量出血で死にかけていた。しかも毒に身体を蝕まれていて。

普通ならば助かりようのない状態だったが、ノアの治療が早かったことと本人の生命力によって、彼は命を取り留めた。

いまとなってはその状況自体が不思議で仕方がない。

「あれは人生最大の不覚だった」

眉間にシワが寄っていた。よほど苦い記憶らしい。

「病魔のせいとは言いたくないが、反応が遅れてしまってな」

「ならもう大丈夫ね」

万全の状態のヴィクトルに勝てる相手がそうそういるとは思えない。

最初はこの時代の人間はすべて同じくらいの身体能力かもしれないと思ったが、キメラも暗殺者も圧倒するこの男はおそらく特別だ。

「もしまた死にかけても、ちゃんと治すから」

「心強い」

顔を見合わせ、笑い合う。

そうこうしている内に森が途切れ始め、先の視界が開けてくる。

赤い空の下に映し出される、森と都の陰影。記憶の光景と似て異なるかたちに、懐かしさと寂しさが再び込み上げてきた。

###

森に飲み込まれていくかつての都。

二日前に来たときとなんら変わらない、色を失った景色。

寂しさを感じるものの、悲しみの涙は出てこない。人が溢れ、賑わっていた姿を鮮明に覚えているのに。

（私って薄情だったのね）

落胆か、呆れか。もしくは安心か。

心が揺れないのは、やはりどこか現実感がないからかもしれない。いまだ心のどこかで現実を受け入れていないのだろうか。

気持ちを切り替える。今日の目的は調査だ。

この前は慌ただしく突入したのでほとんど調べることはできなかったが、今回はゆっくり見ていくことができる。

ノアはコートの内側から紙と鉛筆を取り出す。

「それは？」

「王都の地図。記憶を頼りに昨日書いたの」

紙を広げる。ノアの覚えている限りの王都の形がそこに記してある。

「見せてもらっても構わないか」

「いいけど、雑だからひどいものよ」

ヴィクトルに地図を渡し、横から解説で補足する。

中央の丘に高くそびえる王城があり、城の周囲には貴族の住む家が並ぶ。主要な道は丘を取り囲むように同心円状に広がり、教会が市街にほぼ等間隔に存在している。

西には深く広い川が流れ、天然の堀にもなっている。

あくまで覚え書きなので、ほとんど落書きみたいなものだが、正確性は高いと自負している。

「ここまで把握できているのか」

ヴィクトルは驚愕《きょうがく》の表情で地図を凝視している。

彼自身何度も『不死の霊薬』を探しにここに来たということだから、地図の正確さは判断できるだろう。

「城から街を見ていたから、だいたいはわかるわ」

王都で一番高い場所から、美しい街並みをよく見ていた。鳥のような視点で。だから、全体像は把握できている。

「あんまり細かいところはさすがにわからないけれど、主な道と区分けは書けてるはずよ。私の知っているところとは変わっているところもあるだろうけれど」

「…………」

いまだ地図に見入っている。

ノアが三百年前から来たと言ったことも、心の底では信じ切っていなかったのだろう。だからこんな地図で驚く。

ノア自身のことも、もしかしたらずっと疑っているのかもしれない。

出会って数日で信用されても困るが。

（私は目の前のことを受け入れるしかないけれど、ヴィクトルは疑わなきゃいけないものね）

領主として、貴族として、守るものがある。

だからこそノアは隠し事はしない。

探られて嫌なことはもちろんあるが、聞かれたことは答えるつもりだ。痛くもない腹を探られてもなんともない。

それで少しずつでも信用を得られるのなら。

「今日は丘を登っていって、城まで行きたいの。危険を感じたらすぐ撤退で」

ヴィクトルは確認できている危険種は排除できたと言っていたが、またキメラが出てこないとは言い切れない。

「了解した」

地図を返してもらう。もう頭の中に入れてしまったのかもしれない。

城へ続く道を進む。王都の中で一番整備されている道。何度も通った道だ。

建造物のほとんどが破壊され、土地のほとんどが森になっているので、石や根などの障害物や段差が多く、移動はかなり大変になっていたが、ヴィクトルの手を借りながら登り続ける。

下層を抜けて中層に。

振り返るといつの間にかかなり高く登っていて、遠くに霧にけぶるアリオスの城壁が見えた。

道程は厳しいものだったが、幸いにも危険なものとは出会うことはなかった。

危険なもの以外にも、だが。

この滅びた都には動物がいない。

鳥がいない。

ネズミ一匹すら。

土地柄的にはあり得ないことだ。

西側には大きな川も流れ、気候も極端ではなく、生きていけないような厳しい寒さも暑さもない。

住みやすい豊かな土地だ。

それなのに出会うのはかろうじて小さな虫くらい。

まるで命がこの場所を避けているようだ。

(なんとなくわかるかも)

たとえキメラなどの危険種がいなくなっても。いまのこの土地に住み着きたいとは思わない。

空を赤く歪めているこの魔素が、居心地を悪くしているのだろうか。

(この魔素はアレクシスのせいってグロリアが言ってたような)

記憶が曖昧《あいまい》だが。

(本当にここにいるの……?)

この滅びた都に。何故? なんのために?


ひたすら登り続ける。丘の上層までは、予想していたよりも早い時間で辿り着いた。

一人ならもっと時間がかかっていただろう。体力を使う労働は得意ではない。

ヴィクトルの手助けに感謝しながら丘の上に立つ。この辺りは大教会と貴族の邸宅があった場所だ。

そして、ノアが鳥キメラに攫われ、墜落した辺りでもある。

上層は特に激しい戦いがあったのだろう。徹底的に破壊されている箇所が多い。ノアの実家があった場所も。

空の上から見えたとおりだ。

その影響なのか、この辺りはほとんど森に飲まれていない。おかげで探し物もしやすい。

鳥キメラの死骸《しがい》も、すぐに見つかった。

壊れた置物のように、巨体が荒れ地の中に転がっている。時間があればもう少し調べたいところなのだが、優先度は城の調査の方が高い。

今日のところはそのままに、気持ちを切り替えて城へ向かう。

周囲の貴族の邸宅がほとんど消えたことで、その荘厳な姿が際立っている。

城が崩れていないのは、よほど強力な防御魔術が使われていたからだろう。

見下ろしてくる巨大な影。心臓の鼓動がやけに強く感じる。

恐れているのか。緊張しているのか。

城の中へ——木の根が絡まる城門の内側へ、足を向けた。

5　錬金術師の庭

城門の内側は、植物には覆われているものの、ほとんど以前のままだった。表面の輝きは失われ、ただの石積みの固まりになってはいたが、掃除と修繕をして、草木を取り除けば、元の姿に戻りそうなほどに。

中央広場から城の中には入らずに、その周りにある場所に向かって進む。

城の西側にある、錬金術師のための施設に。

外観はまるで白い箱。蔓性《つるせい》の植物で覆われた、白と緑の箱に、少しずつ近づいていく。

「あの白い建物は錬金術師の庭と呼ばれていて、錬金術師や見習いの研究施設だった場所なの」

前を歩き、草を踏み、枝を払って道をつくってくれているヴィクトルに解説する。

不思議な気持ちで、かつて毎日のように通っていた施設を見上げる。

静かだった。耳が痛くなるくらい。

草を踏む音、枝を払う音だけが虚《むな》しく響いている。かつての騒がしさはもうどこにもない。誰かが実験を失敗させて事件になるようなことも、きっともうない。

錬金術師の庭——慣れ親しんだ場所を眺めても、ノアの心情は穏やかだった。

(涙も出てこない)

思い出の場所に来ても、一滴も。

自分はよほど薄情な人間だったらしい。

「もしよかったら錬金術の話を聞かせてくれないか」

振り返り、いきなり話せと言ってくる。

「錬金術の何を？」

「なんでもいい」

錬金術に興味を持ってくれるのは嬉しいが、急に面白い話は思いつかない。仕組みや理論を話してもきっとつまらないだろう。できれば錬金術の評価が上がるような話をしたかったのだが。

迷った末、自分の話をすることにした。

「私が錬金術師を志したのは十二のときだったわ」

そのころ、生まれたときから決まっていた婚約話がなかったことになって、何もすることがなくなってしまった。錬金術師に出会ったのはそのときだ。古き時代から生きていると噂のあった、王国で最も権威のある錬金術師と。

「才能があるって言われて嬉しくなって、夢中で学んで……」

そのときのノアには時間だけはあった。

導力の使い方を学び、分解と合成の基本を練習して。

「錬金術って色んな分野があるのだけれど、私が専攻したのは人体修復と薬学だった。誰かの命を助けられるのが嬉しくて」

師とともに多くの人を診て、生と死をたくさん見ながら学び、努力し続けた。

「三年後に国に認められて、たくさんの研究ができるようになって、楽しかったな」

思えば。

錬金術に出会ったばかりのころから、見習い時代から国に認められた後まで、ずっとこの場所に来ていた。ずっとここで、仲間と学び合って、競い合っていた気がする。

いま思えばなんて贅沢で貴重な時間だっただろう。

もう二度と戻れない時間。

「最後は王に殺されかけたけれど」

研究施設の扉は、分厚く堅い木製だ。特別頑丈につくられたそれは、傷んではいたが壊れてはおらず、施錠はされていなかった。

試しにノアが開けてみようとしたが、接着されているかのように動かない。

「離れていろ」

ヴィクトルが扉に蹴りを入れると、激しい音と埃を立てて扉が内側にひしゃげながら開く。

「……ありがとう」

残響の中でつくづく思う。この男を敵に回したら怖いだろうなと。

壊れた扉の間から、建物の中を覗いてみる。光がほとんど差し込んでおらず、昼間だというのに薄暗い。

何かがいるような気配はない。

急《せ》かしてくる心をなだめながら、慎重に足を踏み入れた。たとえ光量が足りなくても勝手知ったる場所だ。迷うことはあり得ない。

一階の玄関ホール、受付所、大広間、診療所。二階と三階の研究室。大型実験室。訓練所。

ざっと見た限りだが。

「きれいさっぱり、なにもない」

当たり前のように何も残っていない。

本や実験器具や誰かの試作品も、壁にかかっていた絵も、机も椅子も。引っ越ししたか物取りに根こそぎ奪われたかというくらい。

何も期待せずに自分が使っていた研究室に行ってみる。三階の一番奥にある部屋へ。

おそらくノアの――黒のエレノアールの討伐が決まった直後にすべて回収され、別の錬金術師が使っていたのだろうが。

「この部屋で今回は終わりにするわ」

扉を開ける。中はやっぱり空っぽになっていた。

（ああ……私の研究が）

何百年も突然留守にしていたため仕方がないのだが、勝手に全部捨てられたような気持ちになって切なくなる。

「ん？」

机や棚などの家具や荷物がなくなっていたため、気づくまで時間がかかったが、部屋が微妙に狭くなっている。

壁から壁までの幅、窓との位置関係——気のせいではない。確実に狭くなっている。

「隠し部屋があるな」

ヴィクトルが呟き、隣室との区切りである壁の前に立つ。

「奥に空洞がある。壁を壊しても？」

「待って」

何もなくなってしまっているが思い出の場所ではある。気軽に破壊しないでほしい。

「見てみるから少し待って」

壁に手を当てる。ひやりとした石の感触。壁に導力を流し、壁の内側に意識を傾ける。だが。

（見えない？）

何も見えない。それどころか導力が弾き返される。この感覚は——

「封印？」

壁の中の隠し部屋は、封印されている。ノアが自分を封印したときと一緒だ。封印とは亜空間への隔離だ。こうなったら時が来るか、解除条件が整うまで開かない。

いったい誰が、何の目的でこんなことを？

「壊しても？」

「待ってったら。封印されているから力ずくじゃ壊せないわ。あなたでも、飛竜を呼んできても無理」

そのとき、壁の隅の一部が動いた。壁からその部分だけが崩れ、ごとん、と音を立てて床に転がる。

それは石であり、石ではなかった。

石を積み重ねてつくられた、まるっとした人形。いままで壁に埋め込まれていたものが、子どものように歩いてノアの元へとやってくる。

「自律型ゴーレム……ハル？」

ゴーレムづくりの得意な同僚が、導力回路と魔結晶を組み込んであるから長期間動かすことができるんだ、と自慢していた。その子どものような笑顔を思い出す。

小さなゴーレムに触れる。手と導力で。指先が震えていた。

冷たい石に手が触れた瞬間、隠し部屋をつくっていた壁がガラガラと崩れ始めた。

封印によりつくられる異空間は『時のゆりかご』とも呼ばれ、現世とは時間の流れが切り離される。時の女神に守られた場所は、何百年かぶりに現世に姿を現した。

もともとの壁の部分には棚が設《しつら》えられ、ずらりとラベルの貼られた瓶が並べられていた。中に入っているものは固体、液体、色も形も千差万別。

崩れた石を乗り越えて、人一人がやっと入れるほどの狭い隠し部屋の中に入る。

瓶のラベルに書かれた文字を読み、息を飲む。

「これは……」

標本だ。

瓶の中にあるのはすべて、生物の一部。

「ノア。これを」

ヴィクトルが崩れた石の中から一冊の本を拾い上げる。

部屋の中に本は一冊だけ。その表紙は半分が黒く染まっていた。血だ。

震える指先で受け取り、中を見る。

見覚えのある筆跡に、胸の奥から熱く苦しいものが込み上げる。

錬金術師の庭で同じ時間を過ごした、同僚の日記と走り書き。

ゴーレムづくりが得意な、少し情けない錬金術師の青年の。

「…………ッ」

あの日々は確かにここに存在した。

同じ時間を過ごした錬金術師は、王国が滅びていく時間を、戦争の中を、生きて、終わりを迎えて。

自分はそこにはいなかった。

目が熱い。

込み上げてきた感情が、涙となって零れようとしている。我慢しようとしても止められない。

(泣いている時間なんてない!)

視界をにじませる涙を乱暴にぬぐい、ノアは棚に並んでいる標本資料が入った瓶を手に取った。血塗られた本と瓶を、ポーチの亜空間に放り込む。

「ヴィクトル、何か来ないか気をつけて」

「何かとは」

「なんでも」

すでに封印は解かれた。

もう時の女神の守護はない。世界との隔絶は解除され、誰でも入ることができ、誰でも奪い、破壊することができる。

もし「何か」が存在したら、この場所を、侵入者を、見逃すはずがない。

(誰にも渡さない)

標本資料の回収を急ぐ。

これはノアのために遺されたものだ。でなければ、こんな方法を使いはしない。部屋を封印し、鍵をゴーレムに持たせ、ゴーレム起動の条件をノアの到来にするなんてこと。

カタカタと小さく棚が揺れる。違う。床も、建物自体が揺れている。構わず回収を続けていると、風の唸り声が外から聞こえてくる。

外だけではない。床の下からも。

『……オォ……オオオォ……』

(来た)

ヴィクトルに顔を向け、自分の指を口元に当て、声を発するなと伝える。

うめき声はやがて、ひとつの意味のある言葉となった。

『……エミィ……』

6　過去からの呼び声

エミリアーナ。

双子の妹。生まれたときからずっと一緒だった。

同じ金髪、同じ赤眼、同じ声。同じ身体。同じ魂。

そう思っていた。だけど違った。

アレクシスは妹を選んだ。双子で、どちらでもいいはずだったのに。元々の婚約を解消して妹を選んだ。

教会から聖女と認定されたのも妹。

選ばれるのは、いつも妹。それがわかったとき、やっと理解したのだ。

自分たちは同じ存在ではないと。

＃＃＃

床が割れる。凍った水面《みなも》が割れるような呆気なさで。

現れたのは、細く枯れた腕だった。五本の指がある、人間の手。

(ここ三階なんですけど)

一階二階と貫いてわざわざここまで来たのだろう。手はゆらゆらと揺れ、何かを求めて指を彷徨わせる。

『エミィ……エミィィ……』

ノアは低く響く声を無視し、標本の回収を急ぐ。一つたりとも置いていかない。

手は、ノアたちの位置までは掴んでいない。何かあったときの対処はヴィクトルに任せる。

『無能どもめ、無能どもめ』

一瞬だけ回収作業をする手が止まってしまう。蹴り飛ばしに行きたくなるのをぐっと我慢し再開する。

手はあくまで植物のように揺らめいているだけで、何もしない。そしてそのまま穴の中に戻っていき、姿を消した。

再び静寂が戻ってくるかと思ったとき――

力ずくで床を割って、手が二本生えてくる。砕けた木片がノアのところまで飛んできた。

右手と左手は腕を鞭《むち》のようにしならせて、ノアを捕まえようと伸びてくる。

ヴィクトルの剣がそれらを的確に斬り払った。

斬り落とされた腕は灰となって崩れ落ち、黒い霧となって消える。

残された腕の方は切り口が丸く変形し、先が五つに分かれ、指となり、手が再生する。

ヴィクトルはその光景を見つめ、口元に笑みを浮かべていた。

何もかも見なかったことにして、最後の標本を回収する。

「おわり！　撤退！」

階段を降りるため、扉の方へ向かう。しかし部屋から出る前にヴィクトルに抱えあげられる。

「えっ？」

締め切られた窓の方へ走り、打ちつけてある板を蹴り破り。

「口を閉じていろ。舌を噛む」

窓に足をかけ、飛び、降りる。

（ここ三階なんですけどーー！）


飛んで。落ちる。落ちる。墜ちる。

衝撃は思っていたより少なかった。猫のようなしなやかな着地を、ノアはヴィクトルの身体にしがみつきながら経験した。

（心臓が、口から、飛び出すかと、思った！）

もう二度と高いところには行かない。近寄らない。

ノアが決意を固めている間に、ヴィクトルはしゃがんでいた状態から立ち上がる。体勢を立て直すと、ノアの身体を今度は肩に荷物のように担ぎ、走り出した。

枯れた手が地面を割り、引き裂いて、腕を伸ばして追いかけてくるのが、ヴィクトルの背中の上から見えた。

一本。二本。三本。四本……ノアは数えるのをやめた。

しっかりとした骨があるのは手首から先の部分だけ。腕の部分は骨がないかのような柔軟さで、しなりながら伸びてくる。こちらを捕まえようと執拗《しつよう》に。

こちらは悪路で下り道。ヴィクトルは障害物を、荒れた道を、飛ぶように駆ける。

ノアはもう半分意識を手放して荷物に徹した。風が、速度が、浮遊感が、意識を薄れさせる。

下手に手を出すと邪魔になりかねない。固める関節もない。切っても再生する。

いったいこれは何なのだろう。

かろうじて残っている意識で、手の構造を見てみる。

見慣れた形だ。人間の手。手首から本体へ繋がる部分の骨は溶けている。腕のつけ根に何があるのかまでは、目が届かない。

(この構造は、不安定)

鳥キメラやアウラウネよりも、不安定で流動している。分解しようと思えばできる。けれどおそらくすぐに再生する。

この再生力は——

(賢者の石？)

グロリアが言っていた。

陛下は賢者の石をつくれるぐらい優秀な錬金術師だと。

賢者の石――無尽蔵の力を生む、錬金術の到達点のひとつ。

(まさか、本当に?)

もし本当にそうだとしたら。

無から有はつくれない。錬金術の基本はあくまで分解と合成。

無尽蔵の力を生み出す賢者の石をつくるのには、同じ量の力がいる。

それはいったい何を材料にすればつくれるのか。

(遠征王……)

アレクシスは戦争を起こし他国に攻め入った。

何を目的として?

いまのノアには、錬金術師のノアには、口にするのもおぞましい考えしか思い浮かばない。

###

丘を降りきった辺りで、手の追跡はいつの間にか止まっていた。

油断させるために気配を消している可能性もあるが、ノアが見たところ追ってくる気配はない。

ヴィクトルの速度も落ちる。疲労したわけではなく、索敵に意識を強めたようだった。

「ヴィクトル、そろそろ下ろしてもらえる？」

「……腰が抜けているように見えるが？」

気絶しなかっただけでも自分を褒めたい。

「ここを出るまでは我慢してくれ」

まだ肩の荷を下ろすつもりはないらしい。

諦めて担がれたままになる。この移動速度なら何かあったときにサポートできる。

その後は何事もなく王都の外に出られた。森に差し掛かったところでようやく下ろしてもらえる。

そしてノアはそのまま地面に座り込むことになった。

腰が抜けていた。

「ありがとう……」

「教えてもらえないか？　あの場所に何があるのか」

汗のせいで額に張りついた髪を払い、顔を上げる。

久しぶりに正面から顔を見た。

表情は穏やかなのに雰囲気は氷のように冷たい。

無数の腕に追いかけられるよりも、いまの方が胸がきゅっとなる。

(さっきより怖い)

「王国の遺産……と言ったら聞こえはいいけど、キメラの一種で間違いないわ。本体がどんな姿になっているかは想像もつかないけど」

隠し部屋にあった標本たちと、血のついた日記を思い出す。あれらの記述が本当ならば、どれだけおぞましい姿になっているか想像もできない。

「悪い夢を見ているみたい……」

心の中に秘めたつもりが、言葉になって零れだす。

ノアにとっては先日のことでも、実際は三百年も経っている。

それなのに、過去が面影を残して追いかけてくる。

悪い夢のような現実だ。

目を閉じ、ため息をつく。熱で浮かされたように思考がうまくまとまらない。

「ごめんなさい。自分ではうまく話せる気がしない。聞きたいことを教えて」

「先ほどのものを何だと考えている」

「……私はアレクシスだと思った」

王で、義弟で、かつての婚約者。

「アレクシス・フローゼンか」

「ええ。ありえない話よね」

「何故だ？　いまここにあなたが存在する。ならば遠征王がいまだ生きていたとしても、ありえないことではない」

確かにそうだけれども。

ノアはいうなれば時間を跳んだ。

だがアレクシスはきっと三百年を生きた。

グロリアのように精神体になることもなく。

どんな思いで、どんな姿でそんな長い時間を生きたのか、想像もできない。

(アレクシスは息子に倒されたって、ヴィクトルから聞いた)

歴史が間違っているとは思わない。しかし見えないことが多すぎる。

「そう思った根拠は？」

「エミィ。あなたもあの声は聞こえたでしょう？　エミィは、妹のエミリアーナの愛称なの。私以外にそう呼んでいたのはアレクシスだけだった。あとはまあ……雰囲気が何となく」

かつての面影がまったくない声と手だけでは雰囲気も何もない気がしたが、そうとしか言いようがない。

ヴィクトルはどこか納得がいかないように浅く嘆息し、腕組みをして背中を木の幹に預けた。

「あなたとアレクシス・フローゼンはどんな関係なんだ」

「アレクシスは妹の夫。元々は私が婚約者だったのだけれど、妹の方を好きになったからって変更されたの」

「……我が祖先ながら馬鹿な男だ」

「私としては王妃の義務から逃れられて、錬金術に集中することができたから良かったと思ってるけど」

これは紛れもない本音。

「ノア。あなたは以前、アレクシスに狙われていると言っていた」

「うん。理由ははっきりしないけれど。妹は出産後に体調を崩してすぐに死んでしまったから、もしかしたらそのことで恨まれているのかもね」

「妹君はあなたが診たのか」

首を横に振る。

「妹は教会に認められた聖女だったもの。教会と錬金術師は水と油でね。たとえ姉妹でも……姉妹だからこそかな。近づくことすら許されなかった」

錬金術は神の御業《みわざ》を冒涜《ぼうとく》する行為。それが教会の主張だった。

否定はしない。錬金術とはどれだけ神の領域に踏み込み、再現できるかという学問だ。

「だから私は、妹の容体も知らなかったし、最期の姿も知らない」

人体修復と薬学で認められた国家錬金術師が、王妃のことを——実の妹のことさえ救えなかった。

しかしこの醜聞は大きくは騒がれなかった。

エミリアーナは聖女。聖女の御手《みて》は己のことを救えなかったのか、教会は聖女を守れなかったのか。

そんな声を恐れて教会は沈黙した。

あのときほど教会を破壊したくなったことはない。

手のひらに熱い痛みが走る。見てみれば、血が流れ出していた。よほど強く握りこんでしまったらしい。

傷をふさぐ。痕は生々しく残るが、時間が癒やしてくれる。

傷はこんなにも簡単に治るのに、死んだ人間は生き返らない。

「古城の主をどうするつもりだ」

「とりあえず見てみないことには。話が通じるなら話してみて、通じないなら——」

滅びた王都を見つめる。

廃城の影が浮かぶ空は、血のように赤い。

「私が終わらせる」

第四章　滅びの王国と青い空

1　白の錬金術師

城郭都市アリオスの、フローゼン侯爵邸。

結局いつもここに帰ってきている。貸してもらっている客間も、どんどん自分の部屋のようになってきた。

浴室で汗を流し、本日も絶品だった夕食会を過ごした後、ノアは部屋で王都の調査の記録を残そうとした。

しかし机に向かってペンを握ったまま、何も書けずに無為の時間を過ごしていた。

ため息をつき、ペンを下ろす。

ポーチの亜空間の中から日記帳を取り出す。幅がぎりぎりなため、少し取り出すのに苦労した。

錬金術師の庭の隠し部屋で拾った、血で汚れた日記。

表紙を撫でる。ざらりとした感触が、魂の表面までも撫でていく。

「……いっそすべてを忘れて遠くへ逃げた方が楽かもね」

ノアが本気になれば、きっと何者からも逃げ切れる。逃げて、隠れて、生きる。

しかし自分自身から逃げ出すことはできない。どんなに遠くへ逃げても、一歩も前に進めないのだ。

決着をつけない限り。

ひやりと、部屋の温度が下がる。

「黒の頭の中は、訳のわからない言葉ばかりですわね」

「グロリアとは専門が違うもの。美容と医療系、似ているけれど全然違う」

耳元で響く甘い声に、視線も向けずに答える。

神出鬼没な幽霊はいつも突然現れる。時間も場所も関係なく。しかし三回目ともなるともう慣れた。

グロリアの黒い髪が視界の端で揺れていた。

「あと、人の頭の中を勝手に探らない」

「ちょっと、危ないもの出さないでくださる」

呪素を帯びさせた黒いナイフをちらつかせると、さすがに声色が変わる。呪素は、魂のみとなったグロリアを傷つけられる唯一のものだ。

「仕方ないでしょう。見えるんですもの。あなたの思考も感情も。この身体は感受性が高いからかしら」

「…………」

「わかったわよ！　黒のことは見ないようにするわ。でも、強い気持ちは勝手に伝わってきますから」

怒るグロリアに見せるようにナイフを仕舞い、顔を上げる。

金色の瞳が、整った唇がにこりと笑う。細い指がノアの手に伸びてきて、日記をなぞった。

「あら、ハルの日記じゃない」

「…………」

「あの子はあなたにどんな希望を託したのかしら？」

月のような瞳がノアの心を覗き込もうとする。面白がる声が、神経を撫でてくる。

「ふふ、怖い顔だこと」

ここに書かれていたのは、グロリアも知っているであろうことばかりだ。

王が狂っていき、戦争を引き起こしたこと。

隠し部屋の標本の意味。

そして、黒のエレノアールへのメッセージ。

「……グロリア。眠れないから何か話をして」

「なぁに、子どもみたいに」

グロリアはくすくす笑いながら、部屋の中を自由に飛び回り、窓辺に浮かぶ。

「それではご期待に応えて昔話をひとつ」

黒い髪が、赤い月明かりの中で揺れていた。

「泉の国をご存じかしら？　小さいけれど、とてもきれいな国でしたわ」

知識としては知っている。王国の西にある島国だ。

グロリアは優雅な微笑みをたたえ、窓辺に腰を下ろす。

「わたくしは王女だったの。同盟の証として、王国に第三王妃として嫁いできたのよ。王は最後まで、わたくしに指一本たりとも触れてはくださらなかったけれど」

グロリアがここで言う王とは、アレクシスの父のことだ。

先王にはノアもよく可愛がってもらっていた。温和で優しい王だった。王としては優しすぎるくらいの。アレクシスとの婚約が破棄された後も、心配して気遣ってくれていた。

「わたくし、寂しくて。とても寂しくて。……でも王国は素晴らしいところだったわ。だって錬金術があったのですもの！」

——錬金術。

ノアも魅了されたこの力は、王国建国時から存在していたという。王国の秘中の秘として、才能あるものだけが師から直伝され、継承し続けてきた。

「そうしてわたくしはいつしか白のグロリアと呼ばれるようになっていた」

　グロリアは窓から夜の空を見上げる。

　昔よりも赤くなった月を見つめるその姿は、一枚の絵画のように完成された美しさだった。

「初めて黒のと出会ったのは王の御部屋の片隅でしたわね。あのころの黒のは本当に不愛想で可愛らしかったわ」

　第三王妃と初めて目が合ったのは、先王の死の床《とこ》だった。そのころにはノアもすでに錬金術師として師について学んでいた。

　衰弱する先王を、師とともに診た。長年にわたって毒に侵された身体はすでに助けられる状況ではなかった。

　優しすぎた先王は錬金術師に身体を診せたことを隠した。王を助けられなかったことが教会側に知られれば、錬金術師の立場が悪くなるのは明白だったからだ。

　それは優しさなのだろうか。

「……あのころのあなたは無意識の幽体離脱を繰り返していたから、危なっかしいなと思っていたわ」

　初めて目が合ったとき、グロリアは魂のみの存在だった。

　錬金術師の庭で会うようになったときは生身の状態がほとんどだったが。

「まさか本当に身体を捨ててしまうなんて」

「だって、美しいと言ってくださったから」

少女のように微笑む。

グロリアは、本人が望んだとおりに、西海の黒真珠のような艶《あで》やかな美しさを永遠のものにした。

「美しくなくなるなんて耐えられないの」

恋をする少女の表情は、気高《けだか》き貴人の笑みに変化する。

金色の瞳がノアを見つめる。

「ねえ、黒のエレノアール。あなたがいなくなってからの戦争のことはもう知っているのかしら?」

「ええ」

ヴィクトルから歴史を聞いた。壊れた王都を見た。戦争の中で綴《つづ》られた日記を読んだ。

「王国は強かったわ。だって錬金術があったのですもの。敵なんていなかった」

心を躍らせる子どものような表情は、復讐を誓う王女のものへと変化する。

「でもね、わたくしの祖国の民は、戦争のさなかに賢者の石の材料にされてしまったの。そう、何万人も」

言葉を失った。

グロリアの様子は、とても嘘を言っているようには見えない。

泉の国は同盟国だったはずだ。グロリアが王国にいたことがその証だ。

敵国に対する仕打ちなら、まだ何とか理解できる。しかし同盟国に対するその仕打ちは、理解の範《はん》疇《ちゅう》を超えていた。その行為は邪悪以外の何物でもない。

賢者の石――無尽蔵の力を生む、錬金術の到達点のひとつ。

無から有は生まれない。

無尽蔵の力を生み出す賢者の石をつくるのには、等しい量の力が――……

「わたくしとても悲しくて、悔しくて。だから、賢者の石を壊してしまいましたの」

「……壊せるものなの？」

錬金術師の悲願を。

国の民の犠牲を。

「ええ、そうよ。賢者の石はこの世にはもうない。だから大丈夫ですわよ、エレノア」

慈愛に満ちた笑みを浮かべ、グロリアはふわりと飛んでノアに抱きつく。

錬金術師の庭にいたときに呼ばれていた愛称を、耳元で囁く。

「わたくしもあなたに希望を託しましょう。どうかこの闇を晴らしてちょうだい」

鈴を鳴らす音がして、白いドレスの幽霊が消える。ノアは残響の中、グロリアの幻影をずっと眺めていた。

椅子から立ち上がり、ふらふらとおぼつかない足取りでベッドに辿り着き、倒れる。

「重ぃ」

身体が重ぃ。心が重ぃ。託された希望が重ぃ。

いっそすべてを忘れて遠くへ逃げてしまいたい。

寝返りをうち、天井を見上げる。

もう一度寝返りをうち、枕を抱え顔を押し当てる。

叫んだ。

声を漏らさないように。

叫んだ。

嗚咽《おえつ》に似たものが時折、喉の奥を引っ掻く。

理不尽への怒りを。苦しさを。やるせなさを。

すべてを吐き出すように、叫んだ。

「…………」

顔を上げる。いつの間にか涙が溢れていた。そのおかげか、腹の底で渦を巻いていた混沌は静まっていた。

「はぁ……やるしかないか」

ベッドから起き上がり、部屋の外へ向かう。

途中の机のところでペンを取り、紙にさらさらと走り書きを残す。

――正体不明のキメラを確認。位置は丘の上、城周辺。この対処は急務。

2 錬金術師の悩み

夜の廊下を歩く。

昼間は外から賑やかさが伝わってくるが、夜は本当に静かだ。できるだけ静かに歩いても自分の足音が響くほどに。

目的もないのに徘徊する。あのまま部屋にいると、悪い考えに囚《とら》われてしまいそうだった。

本館の方の窓から、明かりが漏れ出しているのが見えた。あの場所は確かキッチンだ。進路を変えて向かってみる。

キッチンの中を覗くと、ニールが一人で作業を行っていた。どうやら料理の仕込み中らしい。

「ノア様？　いかがなされましたか」

視線に気づかれる。ああこれは不審者だ。もしくは夜のキッチンを狙う食料泥棒。

「ニールさん、コーヒー貰える？　ミルクと砂糖多めで」

朝に飲んだコーヒーを思い出して頼んでみる。

あの香りを、あの苦味を味わえば、頭がすっきりとしそうな気がした。苦いので砂糖だけではなくミルクも入れてみたい。きっと合う。

「申し訳ありません。当家のコーヒーは朝のみなのです。眠れなくなってしまいますので」

「残念」

それならお湯を、と頼もうとしたとき、ニールはもっと魅力的な提案をくれた。

「あたたかいミルクはいかがでしょうか。ゆっくり眠っていただいてからの方が、考えもまとまると思います」

「ありがとう。それじゃあお願いします」


ニールがミルクを火にかける後ろ姿を、椅子に座りながら眺める。

よく整理され、よく掃除されたキッチン。

主の人柄が隅々にまで行き届いている。この館の主従はどれだけ働いているのだろう、と心配になるほどだ。

アニラに聞いたら役場として使われている部分は別に掃除人を雇っているのと、庭は通いの庭師がいるらしいので何とか回っているということだったが。

きれいに磨かれたテーブルの上に頬杖をつく。

「お悩み事ですか」

「うん。患者さんに苦あぁい薬を飲んでもらうには、どうしたらいいかなって」

ニールは苦笑する。

「それは難題ですね」

「効果の高いものって、大体がすごーく苦いのよ」

万能薬も苦かった。

苦いものは吐き出したくなるのが生物の防衛本能だ。

「旦那様も昔は苦い薬や、苦みの強い野菜が苦手で」

「そうなの？」

「はい。野菜は細かく刻んだり、別の香りをつけたり、油で揚げたり、色々と調理で工夫しましたが、薬はそうもいかず苦労しましたね」

想像して、微笑ましくて笑ってしまう。

「ヴィクトルにも可愛い時代があったのね」

ニールが再び苦笑しているのが後ろ姿からでもわかった。

「どうぞ、お待たせしました」

厚手のカップに入った、湯気の立つミルクが前に置かれる。

「いただきます」

早速一口いただくと、甘い香りがふわりと抜ける。ちょうどいいあたたかさ。

「おいしい」

蜂蜜入りのミルクが、身体を芯からあたためてくれる。頭の奥が蕩《とろ》けていく。

甘さとあたたかさは最高の贅沢だ。包み込まれるようなやさしさが心地いい。

そういえば、ノアは先ほども、コーヒーにミルクと砂糖をたっぷり入れようとした。苦いものを甘さとやさしさで和らげようとした。

苦い薬もきっと同じこと。

「うん……よし」

頭の中で、計画の方向性がまとまってくる。

「ヴィクトルは書斎?」

「そうですね。書斎か、そちらにいらっしゃらなければ離れか中庭の方ではないかと」

「ありがとう。ご馳走様」

###

ヴィクトルは書斎にはいないようだった。ニールの言葉を信じて中庭へ出る。

月の眩しい夜だった。空に佇《たたず》むそれは、ノアの知っている月よりも赤い。これもきっと魔素の影響なのだろう。

ヴィクトルのことはすぐに見つけることができた。肩に外套《がいとう》をかけて噴水の縁《ふち》に座り、離れの方を眺めていた。

ヴィクトルの妹が眠っている場所を。

その姿に胸が痛くなった。氷の針で刺されたかのように、切なくなる。

手で胸元をさすって痛みをまぎらわせ、止まった足を踏み出す。

「こんばんは」

銀色の髪が揺れる。

月明かりに照らされた表情は、硬い。

夜だから見えなかったことにして、用件だけを手短に話すことにする。

「ヴィクトル、部屋を一つ貸してもらってもいいかしら。使っていない倉庫とかでもいいんだけど」

「アニラに錬金術師と明かしたのか」

「え？　うん」

予期しない言葉が飛んでくる。

錬金術は過去、戦争に利用されたことで忌み嫌われているとヴィクトルから言われたのは覚えている。

だが、ノア自身が錬金術師として正しく生きて、錬金術の評判を上げていくようにすればいいかと思ったから、メイドとして世話をしてくれているアニラに自分が錬金術師だと教えた。

アニラ自身には錬金術には偏見も何もないように見えた。むしろ何も知らないようだった。

アニラに話したこと自体は問題があるとは思えない。

どうしてヴィクトルがそんなに難しい顔をしているのか、ノアにはわからなかった。

「悪かった？」

「いや、私の言葉が足りなかった」

声には後悔の色が含まれていた。

あれだけ言ったのにまさかノア自身が話してしまったことに、驚いているのかもしれない。

空気が重い。

ヴィクトルは言うべきか迷っているかのように、沈黙を置いた。ノアは黙って言葉を待った。静かに、慎重に。

「皇帝はずっと、錬金術師を探している」

「皇帝って……この国の王様？」

ノアはまだ帝国のことも皇帝のことも何も知らない。覚えていかなければならないと思っているが、正直いまはそれどころではない。

だからヴィクトルの言葉にも何も思わないのだが。その雰囲気は気になった。

ヴィクトルは皇帝を畏怖《いふ》している。何も怖いものなどないような男が。

「何が目的かはわからない。確実なのは、帝国で錬金術師として生きるということは、自由はないということだ」

「自由……」

その言葉の価値を、ノアはよくわからない。

ヴィクトルはそれを黄金よりも価値のあるもののように語る。

「いまはまだ、あなたの存在は人に知られない方がいい。ニールとアニラには口止めをしてある」

それは悪いことをした。

「楽観的だったかな。錬金術師として生きていこうと思ったんだけど」

空を仰いで、ため息をつく。

残念なことに錬金術以外にノアができることはない。

「ここにいればいい」

それは彼自身の決意のようにも聞こえた。

ヴィクトルの言葉は嬉しい。

寄《よ》る辺《べ》のない世界で、居場所をつくってもらえることは素直に嬉しい。

けれど錬金術以外にノアができることはない。

「きっと迷惑をかけるわ」

「構わない。私もあなたを利用しようとしている」

「価値があると思ってもらえているなら嬉しいけど」

それでもやはり、皇帝が錬金術師を探しているのを知っていて錬金術師を匿うのは、後々火種にしかならない気がする。

「ありがとう。考えておく」

(帝国貴族のお抱え錬金術師としてひっそり生きるのもいいけれど)

現状の錬金術の状況を考えると、やはりいつかは迷惑をかけそうだ。

ヴィクトルだけに迷惑をかけるのならともかく、領主である侯爵に迷惑をかければ、この街にも迷惑がかかる。それは避けたい。

あとの選択肢としては、闇医者として生きるか、薬をつくって密やかに販売するか、だろうか。

（うーん、どれも厳しそう……）

その生き方自体は可能だろうが、帝国領内で活動していればいつかは帝国に見つかってしまうだろう。

（前途多難だわ）

いっそ帝国に飼われてみようか。

その選択肢は、少し考えて却下した。

国に飼われれば、国のために錬金術を使わなければならない。人のためになることならいい。しかし、きっとそれだけではない。

この奇跡のような術は、戦争のためにこそ活用されるだろう。

目覚めてからの数日で嫌というほど思い知った。

風が冷たい。

ヴィクトルは立ち上がると、羽織っていた外套をノアの肩にかけてくれた。

大きい。少しかがめば引きずりそうなほど。

あたたかい。寒さなんて忘れてしまうほど。

「あ……ありがとう」

「冷えてきたな。中に入ろう」

歩き出したヴィクトルの後ろをついていく。

「部屋の件だが、望む場所を用意しよう。人目につかない方が良いのだろう？」

振り返って聞いてくる。

「え、うん。できたら一階で」

いきなり話を戻されたので返事が遅れた。

「了解した」

先程までの硬い表情はどこへ。一瞬見えた笑みに言葉を失う。

体温が残る外套に包まれながら思う。

ヴィクトルはノアをどう利用するつもりなのだろう。

ここに帰ってくるのが当たり前になってきてしまっているが、ヴィクトルがノアをここに招待したのは、妹の治療が本命だったからのはずだ。しかし期待には応えられなかった。

それなのに、どうしてまだここにいればいいと言ってくれるのだろう。

(利用価値、か)

とても居心地がいいからと言って、甘えてばかりではいけない。

身の振り方は真面目に考えておかなければならない。

（侯爵邸のお掃除係とかもいいかもしれないけど。錬金術でこう、ぱぱっと）

悪くないかもしれない。

3　滅びの王国へ

翌朝、砂糖とミルクのたっぷり入ったコーヒーを飲んで、気合充分でヴィクトルに用意してもらった、一階の使っていない倉庫に入る。

中に残っていた不用品は別の場所に移した。いまここにあるのは作り付けの棚と大きい机だけ。

少々暗くはあるが、雰囲気充分、広さも充分。

「久しぶりの大型調合ね」

万能薬をつくって以来かもしれない。

一日目。設計と材料の計算。森の研究室からの器具の移動。

二日目。材料の購入と下処理。

三日目から本格的な調合を開始。食事も睡眠もほとんど取らず。

六日目の深夜に完成。

ベッドで一休みしようとしたら丸一日寝てしまったので、七日目は休息日となった。

「さて」

計画開始から八日目の、朝。

魂と睡眠時間と体力と精神力を大量に消耗して、ついに出来上がった。最高傑作とは言いにくいが、それなりに仕上がりには自信がある。

ノアの前の床には立派な棺《ひつぎ》が横たわっている。

棺は木材を買ってきて製作した。目立つことこの上ないので他の形状にしたかったが、結局これが一番しっくりきてしまった。

中身が飛び出さないように蓋はしっかりとしてある。

さて、この目立つ荷物をどうしようか。

(どうして何も考えていなかったのか……)

思いついたとき、製作しているときは夢中で、移動のことをまったく考えていなかった。己の浅はかさが恐ろしい。

侯爵邸の敷地内はゴーレムでなんとかなるのでともかく。

問題は街中と門だ。

「ゴーレムで運ぶ……却下却下」

ヴィクトルにあそこまで言われていて、街中でゴーレムを動かすのはまずい。

特に門。馬車を調達するのが現実的か。夜にこっそり馬車で移動して。

「門番はちょっと気絶してもらって」

「物騒な計画を立てているじゃないか」

「ひえっ」

突然後ろからかけられた声に思わず悲鳴を上げる。

急いで振り返ると入口の扉がいつの間にか開いていて、ヴィクトルが立っていた。その背後には影のようにニールが控えていた。

気配を消して背後に立たないでほしい。

そして何故ふたりとも武器を携帯しているのだろうか。賊でも入ったのか。

「出かけるのか」

「うん、ちょっと実家に」

「その荷物は」

「お弁当」

「随分と気合の入った里帰りだ。私も挨拶をさせていただこうか」

「えっ？　ちょっと？　あなた私のなに？」

冷静に考えれば、遠い遠い、他人同然の親戚。

(いや、そういう問題じゃない)

今回の王都行きばかりはひとりで行くつもりだ。

「今日は私ひとりで行くわ。危険だから」

「それを聞いたら尚更《なおさら》ひとりでは行かせられないな」

ヴィクトルはどうしてもついてくるつもりだ。振り切れる気がしない。導力で力ずくで気絶させてしまおうか。

「ニールさんこの人を止めて」

影のように控えているニールに助けを求める。ニールも主人の無謀な行動には気を揉《も》んでいるはずだ。

「ノア様申し訳ありません。それは俺にも無理なのです」

孤立無援。

「荷物は俺が背負いましょう」

(やさしくしないで)

親切にされると困る。手が鈍る。

ニールは慣れた手つきで棺を縄と布で梱包し始める。ちゃんと背負えるように腕を通す部分もつくって。侯爵家の従者とはこれぐらいお手の物なのだろうか。

「おや、意外と軽いですね」

背負って立つ。大柄な体躯のおかげか、布で包まれているからか、床に置いていた棺そのものの時よりも、異様さは薄れている。

「中身はスカスカなので」

「いったい何が入っているんだ」

ヴィクトルが訝《いぶか》しげな目で見てくる。

視線から逃れるように目を逸らす。

「開けてからのお楽しみ。それじゃあニールさん、外に出たらゴーレムをつくるので、そこまでお願いします」

街の外までの運搬問題は解決したが、本当の問題はここからだ。

(どうやってふたりを振り切るか)

ふたりについて歩きながら考えた計画はこうだ。

一緒に城壁の外に出て、ゴーレムをつくり次第、ふたりを気絶させる。

すぐに派手な音を出して兵士を呼び寄せて、ふたりを回収させる。

しかしこれだと暗殺者がまたやってきていたら、ふたりも兵士も危険に晒されることになる。

（……却下）

そもそもヴィクトルはノアの目的を知っている。気絶させて撒《ま》いたところで結局最後は追いつかれるだろう。

それならいっそ同行してもらって、危険なときはノアが守った方がいいのでは？

（どちらかと言うと、守られているのは私だけど……）

「もうどうにでもなれ」

小さく呟き、顔を上げる。いつの間にか西の門に近づいてきている。

もう悩んでいる時間はない。

――危険だと何度も何度も忠告した。

言って聞かないのならもう止めない。子どもではないのだから。

迷いを振り切ってしまえば、道行きはとても平和でスムーズなものだった。

門番たちに見送られながら外に出て、森の中でゴーレムを組み上げて棺を載せ、自分たちも乗る。

天気は良好。空も赤く晴れ渡っている。

暗殺者も出ない平和な道だ。

今日は人数が多いから襲撃をやめたか、それとも一向に暗殺が成功しないため諦めたのか。

（諦めてくれればいいな）

ゴーレムの上で風に吹かれながらぼんやりと思う。誰であろうと人が死ぬのは見たくない。

そうしている内に王都の姿が見えてくる。

――旧王都、と都市の人々は呼ぶ。

だがノアにとってはまだ王都だ。何故ならまだ王がいる。民のいない、滅びの王が。

###

王都の中に入ってからは、ゴーレムに改良を施す。

関節の数を増やして柔軟性を持たせ、バランスを取りやすくして、悪路対応型にする。ここから足場の悪い道を通って丘の上まで登るための必要な改良だ。

ノアが調整する様子を、ニールが興味深そうに見ていた。

「ゴーレムというものは便利なものですね」

「褒めて。もっと褒めて」

「そうですね……割と乗り心地がよく、疲れ知らずで、力もあって」

「うんうん」

もっと聞きたい。もっと褒めてほしい。

「俺は好きですね」

「ありがとう！」

嬉しい。嬉しすぎて自然と笑みが溢れ出す。

「本当に好きなのだな」

周辺の様子を探っていたヴィクトルが感心して言う。

「もちろん。錬金術師だもの！」


邪魔が入らない行程は快適かつ迅速だ。

市街地を抜け、森と一体化している坂を緩やかに登っていき、開けた丘の上に到着する。

ノアは城に近づく前に再度ゴーレムを組み直した。荷物の棺の運搬に特化したサイズに。大きさ的には小型の牛だ。

ここからは、不測の事態に対応しやすくするためにも人間は徒歩だ。

歴史という大いなる時間の流れを受けながらも、それに飲み込まれなかった偉大なる王国の城。

城門には木の根が絡まり、そこから伸びていく壁にも根や枝、木が絡まっている。

中央広場の真ん中に、尖塔を持つ王城がそびえ立っていた。

入口の扉は開かれている。

奥は何も見えない。差し込む光はすべて飲み込まれて。

大きく開いたままの口の中へ。

暗闇が息づく場所へ、足を踏み入れた。

そこは墓場だった。本来はホールだった場所が、貴族で賑わっていた場所が、無惨な墓場と化している。

管理のされていない、死者が打ち捨てられたままの。

破壊された人間の骨がそこら中に転がっている。生前にひしゃげたもの、死後に壊されたもの。

おそらくは、城内に侵入しようとして返り討ちにあった人々だろう。獣人のものも多い。

死体の中には小型のキメラのものもある。これらは生前の姿をある程度保っていたが、その造形は醜悪なものだ。竜なのか魚なのか、人なのか鳥なのか。馬なのか牛なのか。

言葉が出ない。

ヴィクトルもニールも、誰も言葉を発しない。異形の墓場をただ眺めるだけ。

静かだった。

冬の朝のように。

凍った空気のような静寂が、死者たちを抱いていた。

――嫌な予感がする。嫌な予感しかない。

それでもノアは顔を上げた。固く結んでいた口を開く。

「来たわよ、アレクシス」

あなたの欲しがっていたものを持って。

ピシッ、ピシッ、と。

ノアの声に応えたかのように、氷を踏みしめる音がどこかから響く。

(知っている)

この音も、この導力も。

そこからは一瞬だった。ガラスが割れるように床石に一斉《いっせい》に亀裂が走り、床が割れ、足元が崩れる。

突然開いた巨大な穴を埋めるように、ホール全体が崩落していく。石も死体も土も何もかも巻き込んで。

――落ちる。

4　霊廟の守護者

足場崩し。

ノアが以前、討伐に来た騎士団相手にやったことだ。それをそのままやり返された。

瓦礫の上に寝そべりながら、ぼんやりと上を見上げる。

咄嗟に卵の殻のような防護壁をつくって自分たちを包んだので、瓦礫に押し潰される結末も、生き埋めになる最期も迎えずに済んだ。

カラカラと、小さな石が周りを転がっていく。

「ヴィクトル、ニールさん、生きてる？」

殻の中を光で照らす。火を起こすと粉塵爆発しかねないので、熱のない蛍光を。光は弱いが、暗闇を仄《ほの》かに照らすには充分だった。

「旦那様、お怪我はありませんか」

「ああ」

二人の声が聞こえ、殻の中で二つの影が揺れる。

ニールはあの崩落の中で咄嗟にヴィクトルを守ったようだ。

（とりあえず、全員無事）

ここまで連れてきたゴーレムだけは崩れてしまっていたが、棺は無事だ。多少土まみれになってはいるが。

殻越しに、外の様子を見てみる。下半分は瓦礫に埋もれてはいるが、上半分は開いている。殻の上半分を解除。

視界が開ける。

青い燐光《りんこう》に照らされた、広大な空間が地下に広がっていた。

人為的につくられた地下空間。

壁と床は白い石で覆われ、壁には錬金術の光が無数に、静かに輝いている。

床には石の台座がいくつも置いてあった。最奥の祭壇らしき場所には棺が四つ、並んでいる。

「ここはいったい？」

「お墓」

ヴィクトルの問いに答える。

「始祖王の時代からの、王の霊廟《れいびょう》よ。一度だけ来たことがある」

ニールが先んじて瓦礫の山の上から下に行く。ノアもついていこうとしたら、ヴィクトルが手を貸してくれた。

不安定な瓦礫の上から、安定した石畳の上に降りる。一緒に落ちてきた骨も転がっているが、気にしないようにする。

見上げると、はるか上の方にかすかな光が見えた。

自分たちの落ちてきた、垂直に開いた穴のはるか上に。

このままでは登れそうにもない。通路をつくるという手もあるが。

「上に繋がる通路があるわ。そこから戻りましょう」

余計な労力は省きたい。使えるものは使う。

(それにしても)

どうして、棺が四つしかないのだろう。

アレクシスは四代目。

それ以降の棺がない。息子カイウスの棺も。その時代はまだ王国は滅びていないはずなのだが。

(入るのを嫌がったのかも)

アレクシスを討ったのはカイウスだと聞いている。だとしたら同じ霊廟で眠るのを嫌がったとしても理解できる。

(それならあの子はどこで眠っているのかしら)

いまは出口を探す。壁に寄りかかっている大きな石を邪魔に感じながら。

しかしよく見ればそれには生物的な丸みがある。見覚えのあるフォルム。アウラウネだ。アウラウネの死骸が霊廟の中で眠っていた。

上から一緒に落ちてきたものではない。瓦礫の山からは離れている。

しかも、それ一体ではない。

見覚えのある鳥キメラの死骸も。

危険種、あるいは錬金獣と呼ばれるキメラたちの死骸が、霊廟のいたるところに転がっている。

(神聖な場所がめちゃくちゃ)

これでは王家の霊廟ではなくキメラの廃棄所だ。

どうしてこんなことになってしまったのか。

考えるのは後にして、出口らしき場所に向かおうとしたとき、ヴィクトルに肩を軽く掴まれ、引き止められる。

「あれは生きている」

「え？」

顔を見上げ、視線の先を追う。

霊廟を支える柱の、天井近くの場所。そこには彫像があった。蝙蝠《こうもり》と鳥を足したような、怪物。

ガーゴイルという名の。

「ニール」

ニールの持っていたメイスが宙を飛ぶ。素晴らしいコントロールで吸い込まれるように彫像に直撃し、重い金属音が響き渡る。

割れるか、傷つくかと思った。しかし割れない。割れたのは擬態だけ。

石にしか見えなかった表面は、柔軟性を持つ皮膚だった。

翼が、筋肉が、ビクビクと震えながら動き出す。

(ガーゴイルが生きてる?)

ガーゴイルは厄除けの彫像だ。ただの石、あるいは金属。それが動き出すなんて聞いたこともない。

だが、錬金術の前では常識など何の役にも立たない。

ガーゴイルの嘴が大きく開く。

「グアッ! ェアッ! えれのアる!」

(惜しい)

鳥の方が発声は上手かった。

ガーゴイルが飛んだ。

霊廟の番人が、侵入者を排除しようと、落ちるように飛んでくる。

広い空間を自在に使って、疾風《はやて》の如く、鋭い爪を光らせて。

ヴィクトルに抱えられて横に跳ぶ。轟音《ごうおん》が耳の横を掠めていく。速すぎて、ノア自身ではまったく動きに対応できない。

ガーゴイルは獲物に空振りすると、また悠然と飛んで天井近くで止まる。

空中戦も速度戦も苦手だ。

厄介な相手だ。鳥キメラよりよほど俊敏《しゅんびん》で機敏。自由に空を駆けさせるのは危険極まりない。

（考えろ考えろ）

誘《おび》き寄《よ》せて石壁をつくって叩き落とそうか。あの飛び方、あの身体のサイズを見ていると、よほど興奮させてスピード全開で突っ込ませないと大したダメージを与えられそうにない。

ヴィクトルとニールに任せてしまいたくなる。けれどそれはしない。考えることを放棄するのは、自分で自分が許せなくなる。

ヴィクトルの武器は剣、ニールはメイス。回収用の鎖がついた投擲も可能なメイス。

鎖でがんじがらめにしてもらって、引きずり落として、斬ってもらえばいいのでは？

そんな作戦が頭に浮かんだときだった。霊廟の奥の方からドスン、ドスンと地響きのような足音が聞こえる。

姿を現したのは巨人だった。緑色の皮膚の、ゴーレムサイズの巨人。口からはだらりと舌が伸びる。

「まるでトロール……」

口元が引きつる。

重量戦も苦手だ。

そもそも戦いが苦手。何故、錬金術師なのに戦っているのか？　引きこもり系職業なのに。

素朴な疑問に答えてくれる人は誰もいない。

（冷静に、冷静に）

とりあえず二匹は特性からして別物。

一匹ずつ対処できる。

「ガーゴイルの相手してて。あっちの大きいのをなんとかする」

「了解した。無理はするな」

ノアは急いで瓦礫に手を当て、ゴーレムをつくり出す。棺だけは潰さないように気をつけながら。

石に仮初の魂を与える。

（さあ、私の手足となって。ゴーレムくん！）

石に導力を通し、組み上げ、人の形を取らせ、魂を封じる。自らの魂をほんの少し。

トロールと同等サイズのゴーレムがノアの手により生まれる。

緑の巨人はゴーレムを見て、歩行速度を速めてこちらに向かってくる。

「トロールを捕まえて離さないで。お願い」

短く簡素な命令を出し。

ゴーレムとトロールがぶつかり合う。

巨体と巨体が衝突し、肉弾戦へ。

ゴーレムはトロールの身体にしがみつき、締め上げる。密着したところでノアはゴーレムの表面の石を変形させ、石の棘《とげ》をつくりトロールを刺す。離れることができないように縫いつける。いくつかは皮膚を貫けずに弾き返されたが。

トロールは不愉快そうなうめき声をあげて、密着したまま押し切ってゴーレムの身体を壁に叩きつける。

何度も。何度も。その度に霊廟全体が揺れる。

棘がまったく効いていない。

身体の内部を貫いているのに、痛覚がないのだろうか。

何か、決定打を。

考える。

背後で重量物が床に叩きつけられるような音がする。

振り返るとガーゴイルが地面に倒されていた。

(どうやったのよ)

落ちたガーゴイルの首に、ヴィクトルの剣が狙いを定める。

しかしその剣閃は接触した瞬間に弾き返された。

——硬すぎる。

だが隙が生まれた。ノアでもわかるような大きな隙が。

ポーチから縄の先端を取り出し、導力で操ってガーゴイルの首に巻きつける。

「ギィヤッ！」

（引きちぎろうとしても無駄だから）

侯爵邸にこもって調合していた間に、縄も改良してある。柔軟性を保ちつつ金属を混ぜて強度を上げている。力任せに引きちぎられるものではない。

ノアは縄の反対側を持って走った。脚力強化し、速度を上げる。これをトロールに結びつければ、両方の動きを封じられるはず。

ノアが目標地点に辿り着く前に、ガーゴイルが大きく飛翔する。ニールのメイスが頭を殴るがほとんど効いていない。ガーゴイルはさらに上昇する。

（まずい）

このままだと逆に引っ張られる。縄を手から離す。

（何か、気を引くもの）

ガーゴイルの気を引くもの。ここに呼び寄せるもの。夢中になって食らいつきたくなるもの。

——あるじゃないか。

一番のエサがここに。

「エレノアールはここよ！」

高らかに叫ぶ。

「エれのアる！」

（だから惜しい）

勢いよく滑空してくるガーゴイルを見据え、地面に手を当てる。

（来い！）

床に穴が開き、ノアの身体がわずかに落ちる。その真上を、ゴーレムとトロールが一つとなって飛んでいく。ガーゴイルの飛行ルートへ正面から。

霊廟を揺るがすほどの、激しい衝突音が響いた。

穴の底に寝そべって、霊廟の天井を見上げる。

――床に穴を開けて退避場所をつくった状態で、トロールがゴーレムを押しつけていた壁をへこませ、力の行き場が宙を浮き、トロールの身体が一瞬浮いたタイミングで壁から石壁を生やし、ゴーレムの身体ごとトロールを射出し、ガーゴイルと正面衝突させた。

衝突音とその後の騒音以降は、やけに静かになっていた。

浅い穴から身体を起こす。生々しい血肉のにおい。

顔を出してみると、悲惨な光景が広がっていた。

トロールの腹には大穴が開いて、死んでいる。

ゴーレムの身体には大きなへこみとヒビが入り、崩れていく。

ガーゴイルは表面上はあまり損傷はないが、動かない。いくら表面が硬くても、内臓が全部同じように硬いわけがない。

見ればわかる。中が潰れて死んでいた。

5　不死の王

（歴代の王に申し訳ない……）

穴の中から思う。

王が眠る場所には、破壊の爪痕が至るところに残されていた。天井には穴が開き、壁と床はへこんでいる。

「無茶のしすぎだ」

ヴィクトルが穴の底のノアに手を伸ばす。

その手を取り、引き上げてもらう。

軽く見たところ、ヴィクトルもニールも大きな怪我はしていないようだ。もう少し詳しく診ようとしたとき、聞き覚えのある声が下から響いた。

『エミィ……エミィ……』

迷い子が母を探すような。

『エミィ……エミィ……』

悔恨の嘆きが。

響きが繋がり、重なり、重い澱《おり》をつくる。

気配がする。

先ほどトロールが出てきた、霊廟の奥の通路から、声の主が近づいてくる。

青い燐光に映し出された影を見て、笑みが零れる。笑うしかなかった。

「久しぶりね、アレクシス」

その姿は異形の肉塊《にくかい》。


アレクシス・フローゼン。王国の四代目の王。

貪欲《どんよく》で悪食《あくじき》の王は、力ある命を食べ続けて異形のものとなった。

隠し部屋に残されていた標本は王が取り込んだものの一部。

世界中の神聖生物や怪物と呼ばれるもの。

王は無数の心臓と、不死性の竜の力を取り込んで、霊薬がなくとも不死の存在となった。

そう、日記には書かれていた。

アレクシスの身体は人間の部分を保っておらず、身体の表面には無数の手足が生えて、虚空《こくう》を掴もうと蠢いていた。

肉塊の一部が時折膨らみ、揺れ、中から肉塊が零れ落ちる。

それは怪物だ。

アウラウネの幼体。鳥キメラの一部分。危険種、あるいは錬金獣と呼ばれているキメラが、アレクシスから産み落とされ続けている。すでに死んだ状態で。

死んで生まれた失敗作を、新たに生まれたものが、運よく命を持って生まれたものが、捕食する。

喰らいつき、飲み込み、その途中で死ぬ。

――なるほど。

理解したくないが理解できた。こうして生まれ、生存競争の中で生き残ったほんの僅かな個体が、王都の守護者として滅びた都を徘徊しているのだ。

――エレノアールを探しながら。

「あれが遠征王なのか……？」

おぞましさに眉根を寄せて、ヴィクトルがうめく。先祖に挨拶という状態ではない。

「そうね。カイウスに殺されたのではなく、封印されていたみたいね」

そして三百年、地下深くにいた。

愛しい妻を渇望し、エレノアールを探しながら。


ノアは思ったより穏やかな気持ちでアレクシスと向き合えていることに気づいた。

出会った瞬間、問答無用で襲ってくると思っていたが、襲ってこない。

「アレクシス、私がわかる？」

再び声をかけるも、反応はない。

言葉を交わしてみたかったけれど、いまのアレクシスには届きそうにない。

ただ、その意識はノアに釘づけになっていることはわかる。

目の位置なんてわからないけれど。視線は感じる。

苦笑する。

そんな熱い眼差しで見られたことなど、一度だってない。

「私じゃないでしょう？」

そんな瞳で見つめたいのは。

三百年という時間は、そんな大切なことを忘れるほど長かったのか。もうとっくに正気はないのだろう。

ノアは棺の元へ行き、梱包を解き、その蓋を開ける。

ふわりと、花の香りがした。

『オ、オオ……オオオオォ』

城郭都市アリオスから王都の地下まで、手荒く運ばれてきた棺の中には、金髪の娘が眠っていた。

白い肌、白いドレス、周りを埋める、白い花。

閉じられていた娘の瞼がかすかに震え、ゆっくりと開かれる。

赤い瞳。

ノアと同じ顔をした娘は、棺の中で起き上がる。

聖女と呼ばれ、王妃と呼ばれた、ノアの片割れ。エミリアーナ。

「アレク様……」

初雪のような儚《はかな》い微笑みが、アレクシスに向けられる。

『エミィ……エミィ……！』

アレクシスの声が明らかに喜びを帯びる。全身をわななかせ、ゆっくりと、ゆっくりと、棺のもとへ近づいていく。

(ああ、やっぱり。やっぱりエミィだけなのね)

ノアは苦笑した。

憧れだったのか。執着だったのか。意地だったのか。恋だったのか。名前のつけられなかった気持ちを、これでようやく整理できる。

そして、食べた。

「アレク様……」

アレクシスから伸びた無数の腕が、エミリアーナを抱きしめた。

肉塊にぽっかりと開いた穴の中に、エミリアーナを飲み込んだ。

アレクシスの身体が大きく痙攣する。

びくびくと、ひどくもだえ苦しみ、それでも吐き出すことはなく。

床を掻きむしり、己を掻きむしり。裂き、捨て、倒れ。

それでも吐き出すことはしない。口を強く押さえ込み、健気《けなげ》に耐える。

——神経毒。それがノアの選んだ手段だった。

毒は薬にもなる。いままで集めたありとあらゆる毒薬の中から、神経伝達を阻害する毒を厳選して詰め込んだ。

ただ切ったり突いたりして殺すだけでは、心臓をすべては止めきれない。だから、神経伝達を殺して心臓を麻痺させて殺す。

つくっている間はなんて悪趣味なものをつくっているのかと自虐気味になったものだが。

『エミィ……エミィ……』

アレクシスはそれしか言わない。

苦しげな声も、恨み言も、何も言わない。ひたすら純粋にその名を呼ぶ。

その姿はノアの瞳には、いっそ安らかに見えた。

アレクシスはようやく手に入れたのだ。何でも手に入るはずの王が、唯一取り戻せなかったものを。

ずっとずっと欲しかったものを。

心臓が止まる。

肉塊のなかにある無数の心臓がすべて。

「さようなら」

肉体が死んだ刹那のタイミングで、呪素で魂と肉体の繋がりを無理やり切る。

全身を切り裂かれるような痛みが走る。

(こんな痛み――――!)

アレクシスの身体が弾けた。緑色の体液を大量にまき散らして。

ノアは薄く強い、卵の殻のような防御壁を張る。降り注ぐ毒液を被らないように。

王が滅びる。

王が産んだキメラも砂と化していく。死骸もすべて、最初から何もなかったかのように消えていく。

三百年以上生きた王の最期は、あまりにも静かで、呆気なかった。

消えていく砂の中に足を踏み入れる。

赤い宝石の欠片が、砂に埋もれて鈍く輝いていた。

6　黒と白

「さて！　無事解決！　帰りましょう！」

陰鬱《いんうつ》とした空気を吹き飛ばすように、精いっぱいの明るさで宣言する。

意気揚々《いきようよう》と帰ろうとしたとき、足がよろめいた。

転びかけたところをヴィクトルに左腕一本で支えられる。

「ノア」

「だいじょうぶ。ちょっと疲れただけ」

生きているふりをさせるのに、少し導力を使いすぎてしまった。

近くにあった、本来は棺を置く用の台の上に座る。

緊張の糸が緩むと、全身の疲労を強く感じる。これは少し休む必要がある。

「あなたは何をつくっていたんだ」

「……棺の中にいたのは、双子の妹のエミィよ」

聞かれたことには正直に答える。

「死者を蘇《よみがえ》らせたのか？」

驚愕するヴィクトルに、ノアは冷静に首を振って答えた。

「ううん、あれはただの人形。生きているみたいなお人形。錬金術的にはホムンクルスと呼ばれるもの」

「人形だと？」

「あの子を一番よく知る私が、私自身も材料にしてつくったから、精巧なものができて当然ね。双子だもの」

原材料はほぼほぼ市場で揃えたが、限りなく本物にするために、ノア自身の身体の一部と魂を削ってつくった。そのためひどく疲労した。万能薬の効力が残っていなければ、不可能だったかもしれない。

「そうでもしないと、アレクシスは騙《だま》されなかったでしょうし」

アレクシスのことを思いながら甘く愛しくやさしい器をつくり、毒という毒を詰めて、おいしく食べさせて、殺した。

ひどい発想だ。悪魔的だ。こういうことをするから錬金術師の評判は悪くなる。

それでも、終わらせられたからすべて良しとする。

(そう、これで終わり)

もう錬金獣が人々を脅《おびや》かすこともない。

「少し休んだら、上まで直通の通路つくるから」

「無理をするな。霊廟ならば上に繋がる道があるだろう。そこを使おう」

「絶対何かありそうな気がして嫌だ」

王国の地下の霊廟なんて侵入者を排除するための罠が山ほどありそうで嫌だ。

「旦那様もお怪我をなされています。慎重に行動いたしましょう」

「怪我してたの？　あ、本当だ。折れてる。言ってくれたらいいのに」

詳しく診てみると、ニールの言う通り、あちこちに怪我を負って肋骨が折れている。相当痛いだろうによくこんな涼しい顔ができるものだ。

(ヴィクトルも無敵じゃないんだなぁ)

当たり前のことを思いながらヴィクトルの胸に手を伸ばす。

「いや、いまはいい」

「私の心配より、自分の心配をして。それにいまは、誰かを治したい気分なの」

骨を繋ぐくらいなら、さほど導力を使わなくてもできる。ヴィクトルの内部に意識を伸ばそうとした、そのとき。

歌が響く。

ソプラノの歌声が。

頭を揺さぶる高音が――……

###

目を覚ましたノアが見たのは、長剣の切っ先が己に迫りくる光景だった。

身体を捻り、避ける。

先ほどまでノアが寝ていた場所に、ヴィクトルの長剣が突き刺さる。その柄《つか》を持つものはいない。

虚空に浮かぶ剣を払い落とし、石で覆い床に縫い留める。

「グロリア!」

黒い髪の精神体が、笑ってノアを見下ろしていた。

「冗談ですわよ、冗談」

「冗談にしてはたちが悪いわね」

グロリアを強く睨む。

ヴィクトルとニールは意識を失って倒れたままだ。そのヴィクトルの剣を奪い、ノアを刺し殺そうとするなんて、悪趣味な脚本だ。

咄嗟に聴覚を麻痺させて影響を少なくしていなければ、どうなっていたことか。

脚本家はノアの怒りなどどこ吹く風で、芝居がかった動作で両手を大きく広げる。

「おめでとう！　黒のエレノアール」

「何がおめでたいの？」

純粋に疑問に思って問いかける。

「見えるでしょう？　魔素が晴れていく景色が」

一片《ひとひら》。

花のようにひらひらと、光が上から降ってくる。雪のようにきらきらと輝き、何かに触れると溶けて消えて。

「これでわたくしも自由よ、ありがとう」

うっとりと呟く。

「ねえ、グロリア。アレクシスを唆したのはあなたでしょう？」

「何の話かしら」

瞳を煌《きら》めかせ、少女のように首を傾げる。黒髪が光を受けながら、ふわふわと揺れる。

「私をエミリアーナにつくり変えようとか。民を材料に賢者の石をつくろうとか。キメラをつくって戦力にしようとか」

言っていて頭が痛くなる。言葉にすれば馬鹿馬鹿しいことばかりだ。普通の状態なら、そんなことを言われても誰も耳を貸さない。

だがグロリアは心が読める。

心の弱ったところに、希望の光を差し込むことができる。欲しい希望を。やさしい嘘を。甘く染み透る毒を。

「そんなふうに甘言を弄《ろう》して、落としていったのでしょう。そうでなければあの馬鹿王が、そんなことを思いつくはずもない」

「そんな昔のこと忘れましたわ」

グロリアは笑う。

否定はしない。悪びれる様子もない。

「そう。でも真実なんてどうでもいいの」

実際がどうだったか、判断する材料はもうない。

呪素を指に纏わせる。

グロリアの顔が引きつった。

「きれいな顔が台無しよ。ヒビが入ってしまうわ」

「お、落ち着いて考えなさいな、黒の。わたくしが、自国の民を犠牲にとか、そんな、そんなことをするわけがないでしょう？」

「普通ならね」

「だったらどうして！　何を考えているのよ……！」

呪素を見つめながら、半狂乱になって叫ぶ。まさか自分がこんなものを向けられることになるなんて、思ってもいなかったように。

「何も考えていないわ。わかっているから」

理解していたから考える必要はなかった。考えれば思考を読まれる。思考を読まれれば先回りされる。

だから考えなかった。考えなくても、理解できた。

ノアとグロリアはやはり対のようなものなのかもしれない。

「私を殺したいと思っていることはわかっていた。利用価値があるから踏み切れなかったことも」

アレクシスが死んでやっと決意したことも。

「い、イヤ！　殺さないで！」

「殺そうとしていて殺さないでなんて、わがままが過ぎると思わない？」

「あれは冗談よ！　わたくしたち仲間じゃない！」

「同僚ではあったけれど、仲間ではないわ」

錬金術師として、同じ場所で過ごしたこともあったけれど。

「でも、そうね。あなたは命令されてやっただけ」

ふと考え方が変わる。いくら唆されていたとしても、臣下に実行の命令を下したのは、王であるアレクシスだ。

グロリアは錬金術師として進言し、命令を遂行したに過ぎない。

「そ、そうですわ。そうなのよ」

「もう命令されても何もできないものになるのが、ちょうどいいかもね」

——黒のエレノアール。

その二つ名の由来は、魂に死をもたらす呪素を自在に操ることができるから。

それは普段は何の役にも立たない能力。

だが、手では触れないこの高位精神体も、呪素で囲めば自由には動けない。

普通では決して殺せない高位精神体も、呪素に侵食されれば死ぬ。

グロリアはこの力を恐れ、ノアを亡きものにしようとし続けた。永遠に美しく生きるために。

それができなかったのは、グロリアも結局は観劇者ではなく、舞台の上で踊る人間だったからだろう。愚かでわがままで自分勝手で、愛を知り、痛みを知る、同じ人間。

力を込める。

土で猫の形をつくり、グロリアをそこに追い詰める。

黒い炎に焼かれる魔女のようだ。悲鳴も懺悔も、助けを求める声も聞こえない。

炎が収まったとき、そこにいたのは一匹の黒い猫だった。

空を染めていた赤が、美しく輝き、消えていく。

王国の終焉《しゅうえん》を告げるように。

それは祝福のようであり、涙のようだった。

涙が晴れれば、きっと青い空が見える。

エピローグ

旧王都と青い空

「快晴。本日も赤い光舞う、と」

調査用紙の最初の行に、日付と言葉を書き記す。

赤い光が降り始めてから今日で五日。ノアはひとり旧王都で調査を行いながら、見晴らしのいい場所に家を建てて暮らしていた。

金色の目が印象的な黒い猫と共に。

静かな丘の上を歩き、森と、その向こうの城郭都市を眺める。その向こうの青い空も。

赤い光が舞い落ちるのも、あと数日のことだろう。魔素もかなり薄くなった。

この光のおかげで城郭都市の方はかなりの騒ぎになったようだが、領兵が冷静さと治安を保つようにしたため、暴動などは起きなかったらしい。侯爵領には本当に優秀な人材が揃っている。

近くにあった石の上に腰を下ろす。

吹き抜ける風が気持ちいい。黒猫はノアの足下で毛づくろいを始める。

瞼を下ろし、風と陽光を感じながら、深く息をする。

ひとりは気楽だ。

いつまでもひとりでいられる。

これは生来の気質、いや才能だ。

しかしそんな快適生活を荒らすものもいる。

「また来たの」

顔を上げると、いつの間にやってきたのかヴィクトルが目の前にいた。

昨日も来た。その前日も。そのまた前日も。

「領主って実は暇なの？」

「地位と名誉は武器だ。枷《かせ》ではない」

「そうですか」

貴族として生まれ育ち、そう言い切れるのが羨《うら》ましい。

立ち上がり、調査の続きに戻る。歩き出したノアに、ヴィクトルはいつものようについてくる。

「ノア。私の家に戻ってこないか」

今日もまた、同じことを言ってくる。

「旧王都の調査はヴィクトルの依頼なんですけれど？」

「そちらはそろそろ本格的な調査隊を組む。ノアには別の仕事を頼みたい」

「別の仕事？」

いつもとは違う話題。思わず足を止めて振り返る。

青い瞳は、整った顔立ちは、いつもと違う真剣みを帯びていた。

「近々帝都に行かなければならない」

「いってらっしゃい」

「そこであなたに、婚約者の役を頼みたい」

「嫌です」

いずれ帝都に行くつもりはあるが、侯爵の、しかもヴィクトル・フローゼンの婚約者役として赴くなんて、冗談ではない。面倒ごとしかないのは目に見えている。

「そう言ってくれるな。そろそろ婚約者が必要な時期なんだ」

「あなたが口説《くど》けば大抵のご令嬢は頷くでしょう」

「いや、なかなかうまくいかないものだ」

楽しそうに笑う。目はまっすぐにノアを見て。

「グロリア、この男を追っ払って！」

黒猫はニャアと一声鳴き、ヴィクトルの足下にすりすりと身体を寄せつける。唸ったり、噛みついたり、引っ掻いたりする様子は微塵もない。

「本当に言うこと聞かないんだから」

「猫が聞くわけないだろう」

「うん、そうね……」

ただの黒猫が命令を聞くわけがない。ただの黒猫が。

「普通の令嬢には婚約者の役は務まらない。あなたにしか頼めないことだ」

黒猫を抱き上げながら、ノアの目を見て言う。

「それだけ危険ってことね」

ため息をつく。

しかし確かに、普通の令嬢にこの男を任せるのも酷なことだ。

現世に血のしがらみもなく、天涯孤独で、年頃もちょうど良く、ある程度のマナーの基礎があり、緊急時には戦え、治療ができるノアの存在は、このような男には最適な人材なのだろう。

頭が痛い。

(これって下手したら一生逃れられないんじゃ？)

嫌な予感がする。そんなまさか。

本当にふさわしい相手が出てくるまでのことだろう。きっとそう遠くはない未来だ。

「難しい話は後にして、今夜は我が家であたたかな食事はどうだろう。ニールのつくった菓子もある」

「う……」

おいしいご飯、甘いお菓子、あたたかいお風呂、ミルクと砂糖のたっぷり入ったコーヒー。

どれも、ここでひとりでいては味わえないもの。

甘い誘惑は強烈で、身体がそれを欲してしまう。抗《あらが》えない。

「それじゃあ、今日はご一緒させてもらえるかしら」

滅びの王国の錬金術令嬢
～三百年後の新しい人生は引きこもって過ごしたい！1

発 行
2023年3月15日 初版第一刷発行

著 者
朝月アサ

発行人
山崎 篤

発行・発売
株式会社一二三書房
〒101-0003 東京都千代田区一ツ橋2-4-3 光文恒産ビル
03-3265-1881

デザイン
おおの蛍（ムシカゴグラフィクス）

製版
株式会社光邦

印 刷
中央精版印刷株式会社

作品の感想、ファンレターをお待ちしております。
〒101-0003 東京都千代田区一ツ橋2-4-3 光文恒産ビル
株式会社一二三書房
朝月アサ 先生／らむ屋 先生

Printed in Japan, ISBN 978-4-89199-948-3 C0093
※本書は小説投稿サイト「小説家になろう」（http://syosetu.com/）に
掲載された作品を加筆修正し書籍化したものです。